팬데믹 시대

멈춰진 시간들의 의미

도서출판 문장

팬데믹 시대

멈춰진 시간들의 의미

1판 1쇄 인쇄 2021년 6월 20일
1판 1쇄 발행 2021년 6월 25일

발행처 도서출판 문장
발행인 이은숙

등록번호 제2015-000023호
등록일 1977년 10월 24일

서울시 강북구 덕릉로 14(수유동)
전화 02-929-9495
팩스 02-929-9496

팬데믹 시대

멈춰진 시간들의 의미

2021

도서출판 문장

차례

초대 문인

머리말

창문을 열고 싶다

낡은 아파트의 북쪽으로 난 창은 오래 전부터 비닐로 밀봉되어 있었습니다. 틈새가 벌어진 창틀 사이로 파고드는 칼바람과 외풍을 막기 위한 궁여지책이었지요.

봄이 오면 창문을 열 겁니다. 그러나 그럴 수 없게 되었습니다. 아니 열어선 안 되게 되고 말았습니다. 북풍이 독풍(毒風) 되어 온 사방을 휘젓고 다녔기 때문입니다.

봄이 되면 열 수 있겠지. 여름엔 열 거야. 가을에는 기필코….

결국 한 해가 지나고 다시 새봄이 와도 봉쇄된 창문은 끝내 열리지 않았습니다. 지금까지도…

폐쇄된 창문은 요지부동입니다.

이웃집에서는 서서히 창문을 연다는 이야기들이 들려옵니다. 막혔던 숨통이 트이는 기분이라네요. 부럽습니다. 진정.

우리는 언제나 저 창문을 다시 열게 될까요?

뜯어낸 비닐을 곱게 접어 재활용 수거함에 내놓고만 싶습니다. 창틀에 쌓인 먼지를 푹푹 삶아 빤 흰 걸레로 닦아내고 싶습니다. 그리고 창문 열면 보이는 것들을 두 눈에 담고 싶습니다. 마치 한 번도 보지 못한 풍경이었던 것처럼. 습기 머금은 훈풍 한 줌 불어와도 좋겠지요.

2021년 새봄에
기획위원 일동

1부

강민아
강시원
김경란
김원배
김현근
김현주
김희경
박유은
박정원
박인숙
방동주
방연주
안선형

눈꽃

강 민 아

"민아야, 너 진짜 정신 안 차릴래?"

대학 강의실 맨 뒷줄에 앉은 나는 어찌할 바 몰라 얼굴이 화끈거렸다. 선생님은 고개 숙인 나를 향해 더욱 쓴 호통을 쏟아 부었고, 나의 정수리에는 뾰족한 가시가 잔뜩 박혔다. 소설 창작 강의를 듣던 이십대의 나 대신 앉아있던 삼십대의 나는 새하얀 백지 위에 눈물방울을 몇 글자 찍다가 꿈에서 깼다. 시곗바늘이 숫자 4에 걸려 있었다. 창밖을 내다보니 눈이 펑펑 내렸다. 시월부터 눈이 내리는 러시아에서는 새삼스레 '화이트'를 앞에 붙이지 않아도 늘 새하얀 크리스마스다. 나는 얼른 자리에서 일어나 부엌으로 향했다. 한국 시각은 여섯 시간을 더한 아침 열 시였다. 물을 한 컵 들이켜고, 크게 심호흡을 한 뒤 수화기를 들었다.

"선생님, 크리스마스 잘 보내고 계세요? 아휴, 꿈에서 선생님께 어찌나 살벌하게 혼났는지 지금도 심장이 벌렁거려요."

나는 꿈 이야기를 핑계로 말문을 열었다.

"너 올해 신춘문예는 냈어? 남편이 너 자기 계발하지 말래?"

선생님은 웃음기 없는 목소리로 꿈에서처럼 또다시 일침을 가하였다.

"아니요. 그게 계속 마음에 걸렸는지 꿈에서 된통 혼난 것 같아요.

신랑은 한 치의 의심 없이 선생님을 믿고 글쓰기에 정진하라고 했어요."

고해성사하듯 나는 수화기에 대고 마음 깊은 곳 웅크리고 있던 속내를 밝혔다.

지난 여름 선생님은 내게 글쓰기 원격수업을 권유했다. 그러나 수업료에 대한 부담감과 코로나가 재확산되면 두 아이 육아로 심신이 지칠 것이 불 보듯 뻔해 고심 끝에 수강을 고사했다. 선생님에게는 남편과 상의 후 연락드린다는 말을 끝으로 아무것도 쓰지 못한 채 한 해가 저물어가고 있었다. 결국 불편한 마음으로 연락도 미루고 있던 터였다.

"내가 러시아에 사는 네 꿈에까지 나타나 혼냈다는데 더는 할 말 없다."

나는 이미 흘러버린 한 해는 털어 버리고, 새해에는 다시 제대로 문청이 되어보기로 했다.

대학 시절 영문학과 친구가 내 팔을 끌고 교환학생 설명회에 같이 가자고 하였다. 국문학도였던 내게 교환학생은 다른 세상 이야기였지만, 구미가 당겨 교환학생 소책자를 받아 들고 함께 설명회에 참석했다. 친구는 이미 점 찍어둔 미국과 캐나다 대학교를 비교하며 당차게 질문하는 반면, 나는 소책자를 넘겨보며 조그마한 사진 속 타국의 대학 캠퍼스 하나하나를 찬찬히 들여다보았다. 그 중 그리스 신전처럼 육중한 원형 기둥이 대학 정문을 장식하고, 그 기둥만큼 높이 솟은 전나무가 양옆에 펼쳐진 러시아 우랄국립대학교 사진에 시선이 꽂혔다.

"러시아 교환학생 신청 조건에는 토익 점수가 필요 없나요?"

나는 수줍게 손을 들고 질문했다.

"네, 러시아 대학에서는 러시아어로 수업을 진행하므로 영어가 필요

없습니다."

설명회 담당자의 답변을 듣자 영어에 젬병인 나는 교환학생에 도전해보기로 마음먹었다.

소설가를 꿈꾸던 내게 예술의 나라 러시아는 꼭 한번 가보고 싶은 나라였다. 그러나 러시아에 대한 사전지식과 정보가 하나도 없었고, 더군다나 영어와는 전혀 다른 키릴문자를 어떻게 읽는지조차 몰랐다. 하지만 이미 내 머릿속에는 시베리아 횡단 열차에 올라 끝없이 펼쳐지는 자작나무 숲을 바라보며 보드카를 마시는 내 모습이 그려지고 있었다. 종로에 있는 어학원에서 러시아어 새벽반 강좌를 들으며 러시아어 입문과 동시에 교환학생 면접을 준비했다. 시간이 촉박한 나는 일단 한국어로 쓴 3분가량의 자기소개서를 러시아어로 번역하여 달달 외웠다. 그리고 결전의 날이 되었다.

"즈뜨라스부이쩨. 민야 자붓 민아. (안녕하세요, 제 이름은 민아에요.)"

천 번도 넘게 읊었던 자기소개의 첫 문장을 낯선 러시아어문학과 교수 앞에서 떨리는 목소리로 뱉었다. 얼마나 틀리고 헤맸는지 알 수 없는 자기소개가 끝나자 교수는 기다렸다는 듯이 내게 속사포로 러시아어를 쏟아냈다. 나는 단 하나도 그의 말을 이해할 수 없었다.

"방금 내가 한 말을 하나도 알아들을 수 없으면서 러시아에서 공부하겠다는 건가? 그것도 국문과 학생이 그 러시아어 실력으로? 자네 실력이면 가서 학점이 엉망이 될 텐데도 말이지?"

교수가 어처구니가 없다는 표정을 짓고 내게 말했다.

"네, 그래도 이런 기회가 아니면 러시아에서 살아볼 수 없을 것 같아서요. 꼭 가고 싶습니다. 가서 남들보다 더 열심히 공부하겠습니다. 제발 보내만 주세요."

면접을 조용히 지켜보던 우랄 국립대학교 따찌야나 여교수가 말문을 열었다. 당연히 나는 알아듣지 못해 눈만 껌뻑였다.

"참 겁 없는 학생이군. 자네가 러시아에서 무엇을 느끼고 올지 궁금하다고 하시네. 일 년 후에 다시 봅시다. 자네 기억해 두겠네."

인터뷰는 끝이 났다. 어느새 나는 러시아어문학과 선배들과 러시아행 비행기에 몸을 싣고 있었다.

스물둘의 나는 예카테린부르크의 사계절을 겪었다. 그리고 그곳에서 운명적인 사랑을 만났다. 러시아어가 형편없는 나와 달리 그는 유창한 러시아어로 이미 여러 번 러시아 방방곡곡을 여행한 사람이었다. 그와 함께 산책하면 혼자 거리를 쏘다닐 때는 볼 수 없었던 러시아의 새로운 모습이 내게 말을 걸었다. 러시아를 향한 달 뜬 마음과 어설픈 환상만 갖고 있던 내게 그는 자신이 알고 있는 러시아의 다양한 면을 보여 주었다. 첫 연애의 설렘은 그이뿐만 아니라 그와 함께하는 러시아에 대한 애정과 추억으로 변모했다. 그 시절 나는 대학 강의실보다 사랑하는 이와의 산책으로 러시아를 배워 나갔다.

"민아, 우리 한국에 돌아갈 때 시베리아 횡단 열차를 타고 갈까?"

예카테린부르크에서의 일 년이 끝나가고 있던 겨울날이었다. 그는 자신의 한국행 비행기 표를 취소하고, 그 대신 시베리아 횡단 열차표를 두 장 사서 내게 건넸다. 열차표에는 크리스마스 날짜가 찍혀 있었다. 그가 내게 준 첫 크리스마스 선물이었다. 커다란 이민 가방을 싣고 우리는 5박 6일에 걸쳐 러시아와 천천히 낭만적으로 작별을 고했다.

"우리가 또 러시아에 올 일이 있을까?"

열차의 종착역인 블라디보스토크로 향하는 기차 안에서 나는 쉬지 않고 내리는 눈을 응시한 채 그에게 물었다.

"그럼. 나와 헤어지지 않는다면 넌 러시아에 분명 다시 오게 되어 있어."

그는 당연하다는 듯 확신에 찬 목소리로 내게 말했다.

러시아에서 소중한 인연을 시작한 저희 두 사람

함께 맞는 여섯 번째 겨울, 부부의 결실을 맺으려 합니다.

사랑, 건강, 행복, 존경, 미소, 기쁨

세상에서 가장 아름다운 단어를 그러모아 다시금 러시아로 향합니다.

레핀처럼 서로의 얼굴을 마음속에 그리겠습니다.

차이콥스키처럼 삶의 아픔을 다독이는 감동의 선율을 연주하겠습니다.

푸시킨처럼 깊고 넓은 사랑의 시를 읊겠습니다.

톨스토이처럼 진중한 삶의 이야기를 함께 써내려 가겠습니다.

그가 러시아 회사에 취직하며 신접살림을 모스크바에 차리게 되었다. 그리하여 남편의 예언처럼 우리는 다시 러시아로 향하였다. 그토록 선망해 마지않던 러시아에서의 삶이 드넓게 펼쳐졌다. 하지만 일 년이라는 유효기간이 있는 학생으로서의 타지살이와 한 사람의 아내로서 기약 없는 타역의 삶은 큰 차이가 있었다. 대학 시절에는 간절했던 러시아에서의 일 년이 지금의 내게는 눈 깜짝하면 지나가 버리는 일 년이 되고 말았다. 결혼한 해에 바로 첫째를 임신하였으며 한 번의 유산을 겪었고, 그다음 해 둘째를 출산하였다. 팔 년의 시간 동안 육아에 전념하며 나는 작가를 꿈꾸던 나와 내가 흠모했던 러시아마저 잊고 살았다.

코로나가 전 세계를 휩쓸자 한동안 러시아와 한국을 잇는 하늘길이 막혔었다. 그리고 얼마 지나지 않아 집 앞을 나서는 일조차 제한된 날들이 석 달간 이어졌다. 유모차에 둘째 아이를 싣고 첫째 아이의 유치원을 바래다주던 아침 풍경이 특별했던 과거의 모습으로 치부되었다. 한국에 계신 부모님은 매일 아침 타국에 사는 딸의 안부를 물으며 하루를 시작하였다. 일일 코로나 감염자 수가 연일 신기록을 세우던 날들이 이어지자 이곳의 삶이 처음으로 무섭고 후회되었다. 한국에 있다한들 뾰족한 방도가 있는 것은 아니었지만, 그래도 이곳에서 느끼는 불안감이 조금 삭혀질 거라는 막연한 생각이 마음을 어지럽혔다. 그러던 와중 화창한 여름이 찬란한 빛을 머금은 채 찾아왔고, 짧은 여름 후 이어진 가을은 더욱 해사한 얼굴로 러시아 전역을 노랗게 물들였다.

"우리 푸시킨스키예 고리에 갈래? 푸시킨의 외조부 댁이 있는 아주 작고 오래된 동네인데 푸시킨이 그곳에서 〈예브게니 오네긴〉을 썼다고 해. 가면 네가 분명 마음에 들어 할 거야."

남편은 오래된 풍차가 언덕에 우두커니 서 있는 풍경 사진을 내게 보여주며 말했다.

아주 오랜만에 떠난 러시아 지방도시 여행이었다. 신혼 시절, 한국인에게 생소한 러시아 지방을 여행하며 여행 에세이를 만들겠다던 꿈을 꿨다. 나의 꿈에 보조를 맞추고자 남편은 자주 러시아 지방 도시 여행을 계획하고 동행했다. 그러나 점차 여행지는 러시아가 아닌 유럽과 중동 등 다른 나라가 되기 일쑤였다. 러시아는 이제 더는 내게 매력적인 나라가 아닌 삶의 터전이 되고 만 것이었다. 그러나 코로나로 말미암아 우리는 러시아로 다시 눈을 돌리게 된 것이다. 모스크바에서 800km 떨어진 푸시킨스키예 고리는 모스크바와는 전혀 다른 러시아 같았다. 그곳에는 내가 잊고 있던 러시아의 고즈넉한 전원풍경이 펼쳐졌다. 나는 그곳에서 며칠간 머물며 러시아를 향한 연모의 정이 다시 몽실몽실 솟아올랐다. 심드렁해졌던 나의 러시아가 오롯이 내 마음에 다시 잊고 있던 첫사랑의 얼굴을 하고 걸어 들어온 것이다.

"첫 수업 어땠니? 한 마디로 얘기해 봐."

일곱 살 아들의 유치원 원격수업용 태블릿으로 글쓰기 수업을 들은 내게 선생님은 물었다.

"크리스마스의 꿈이 이어지고 있어요, 그렇지만 악몽이 아니고 달콤한 꿈이에요."

볼이 발갛게 상기된 나는 빨간 펜과 원고를 내려놓으며 말했다.

"민아야, 너의 가장 큰 장점이 러시아라는 것만 잊지 마라."

선생님의 말씀이 뇌리에 맴돌았다.

보름에 한 번씩 모두 잠든 새벽 시간, 스위치를 켜고 내 꿈에 접속한다. 한동안 글과 멀어졌던 마음과 한국에 닿을 수 없던 몸이 원격수업을 통해 꿈으로 한 걸음씩 걸어가고 있다. 새로운 도전이 시작되자 평범했던 일상이 특별한 소재의 텃밭으로 바뀌어 매일 열심히 일궈나가는 힘이 된다. 아이와의 옴짝달싹할 수 없는 시간도 흘려버리면 다시 만날 수 없는 훌륭한 꼬마시인과의 밀착 인터뷰로 탈바꿈하니 이 순간이 더없이 소중하다. 그리고 무엇보다 내가 선택한 내 삶의 배경화면 '러시아'에 대한 공포와 무관심이 나를 빛나게 해주는 특별함으로 여겨지자 이방인으로 사는 삶을 다시금 유쾌하게 즐길 수 있게 되었다.

지금 이 글을 쓰는 사월에도 이곳은 진눈깨비가 내리고 으슬으슬한 날씨가 이어지고 있다. 봄날에도 끈덕지게, 여름에마저 느닷없이, 가을에조차 부리나케, 겨울에는 태연하게 내리는 러시아의 눈이 좋다. 사계절 어느 한때에 쉬어가지 않고 변화무쌍하게 러시아를 맴도는 눈의 마음을 담고 싶다. 그리고 이제는 새하얀 눈이 본연의 모습으로 가장 사랑받는 크리스마스를 가장 나답게 맞이하기 위해 부단히 노력하려 한다.

"선생님, 제 글에 눈꽃을 달았어요!"

나는 그날 외칠 신예 작가의 첫 대사를 미리 큰소리로 읽어본다.

프로필

- 1987년 경기도 부천에서 출생
- 성균관대학교 국어국문학과, 러시아어문학과 졸업
- 이스타항공 기내지 〈EASTAR JET〉 기자
- 음식전문잡지 〈하니브로〉 창간 및 수석기자
- 현 러시아 모스크바 거주중

멈춰진 시간들의 의미

강 시 원

"시간은 삶이며, 삶은 우리 마음 속에 깃들여 있는 것이다" - 〈모모〉

"어떻게 살아야 하는가?"

작년과 올해 끊임없이 던지는 화두다. 팬데믹으로 인해 멈춰진 일상 속에서 삶의 의미와 가치를 다시금 돌아보게 되었다. 보이지도 않는 그 작은 것에 의해 전 인류의 삶이 바뀔 수 있다는 것이 아직도 믿겨지지 않는데, 어느새 1년이라는 시간이 지났고, 언제 끝날지 가늠할 수 없는 불안감이 순간순간 마음을 조여 온다.

4차 산업혁명시대에 자율주행차가 개발되고, 40여 년 전에 쏘아 올린 보이저 1,2호는 태양계를 벗어나 인터스텔라에서 메시지를 보내온다. 인간이 화성에서 살 수 있도록 우주 탐사 개발이 한창인 첨단 과학이 발달한 이 시대에 바이러스의 공격이라니…… 영화 속에서나 나올 법한 이 시간을 '어떻게 살아야 하는가?'

인생은 동전의 양면과 같은가 보다. 이런 상황에서도 살아가고, 살아내고, 살아진다. 코로나 덕분이라고 하기엔 어폐가 있지만, 멈춤의 시간을 통해 또 다른 배움의 길이 열렸다. 언제든지, 어디서든지, 그리고 누구에게나 배울 수 있다는 것을 경험케 한 마을 공동체 이야기이다.

2년 전 어느 봄날, 어떻게 하면 아이들이 독서를 통해 생각하는 힘을 기를 수 있을지 고민하는 엄마들이 모였다. 아이들이 책을 잘 읽고, 사고력이 깊어져서 공부머리도 좋아지길 바라지만 아이들의 문해력은 점점 부족해지는 것 같은 위기감 속에서 '엄마들이 먼저 책을 읽고, 아이와 함께 자라자'는 취지로 '책성맘(책으로 성장하는 엄마들)'이라는 학부모 독서모임을 시작하였다.

북한산 국립공원이 마을 뒷산인 아름다운 자연 덕분에 숲 속에 돗자리를 깔고, 커피와 다과를 준비해서 책을 들고 모였다. 봄 햇살이 투명하게 비치는 연두빛 나뭇잎이 가득한 숲 속에서, 그림책을 읽어 주는 선생님의 목소리에 새소리가 더해지니 아이들 걱정과 집안일들로 복잡했던 마음이 말랑해졌다. 〈공부머리 독서법〉과 〈엄마공부〉 등 다양한 책을 읽고 나누는 동안 엄마들의 친밀감은 더욱 끈끈해졌고, 함께 성장하는 것을 느낄 수 있었던 행복한 독서모임은 일 년 동안 계속 되었다.

그러나 팬데믹은 이런 엄마들의 소중한 만남에도 예외가 없었다. 거리두기로 집에만 있는 시간이 길어지고, 하루 종일 가족을 돌보면서 불안과 고민을 나눌 소통의 장을 만들지 못하는 엄마들을 생각하니 안타까움이 커져갔다. 모이지 못하는 상황이 계속 되자, 엄마들이 집에서 함께 할 수 있는 방법을 구상하였다. 방구석 책읽기, 집콕 독서, 슬기로운 독서생활 등 '어떻게 하면 팬데믹 상황에 맞는 책읽기를 할 수 있을까?'를 연구하였다. 역사와 인문학을 가르치는 선생님의 도움으로 미하엘 엔데의 〈모모〉를 가지고 '엄마들의 고전읽기' 프로젝트를 시작하였다.

〈모모〉는 학창 시절 누구나 한 번쯤은 읽었을 만큼 워낙 유명한 책이고, 비록 읽지 않았더라도 '언젠가는 읽어야지' 마음먹으며 책꽂이에 꽂아 놓을 법한 책이라 엄마들의 고전읽기 첫 프로젝트로는 안성맞춤이었다. 그렇지만, 엄마들에게 어떻게 제안하고, 언제 시작하면 좋을지 고민이 되었다.

등교하지 못하는 아이들이 집에 있어서 하루 세끼를 잘 챙겨줘야 하는 엄마들,

온라인 수업을 잘 하고 있는지도 살펴야 하는 엄마들,

하루 종일 수고해도 티 하나 나지 않는 집안일들로 힘든 엄마들.

'그런 엄마들에게 매일 시간과 공간을 구별해서 책을 읽고 자신만의 흔적을 남기는 책읽기 프로젝트를 제안하는 것이 가능할까? 괜한 부담을 더해 주는 건 아닐까?'

약간의 망설임이 있었지만 이럴 때일수록 돌파구가 필요했기에 과감하게 진행하였다.

〈모모〉를 제안한 선생님의 인도로 '한 달간의 책읽기 여행'을 떠났다. 한 명의 어린이와 9명의 엄마들이 〈모모〉의 문장에 머무르고, 깊이 사유하는 책 읽기 프로젝트의 이름을 '웰컴 투 모모 랜드'라 붙이니 더 근사했다.

엄마들의 고전읽기 방법을 한 마디로 말하자면, 천천히 읽으면서 떠오르는 질문과 생각들에 머무르며 자신만의 흔적을 다양한 방법으로 매일 남기는 것이다. 그림을 그려도 되고, 마음에 와 닿는 문장을 필사해도 되고, 음성으로 녹음해도 되고, 사진을 찍어서 남겨도 된다. 다른 사람의 흔적을 보면서 다시 한 번 더 읽게 되니 혼자 읽을 때는

보이지 않던 부분을 다르게 읽으며, 더 깊이 읽게 되었다. 천천히 읽기, 질문하며 읽기, 문장에 머무르기, 내 안에 단어 찾기 등 다양한 읽기 전략을 활용하여, 모모 랜드 구석구석을 때로는 홀로, 때로는 함께 여행하였다.

'혼자라면 결코 할 수 없는 일을 함께 하기에 가능하다.'는 아름다운 공동체의 신비를 배울 수 있는 시간이었다.

코로나 19는 00이다.

본격적으로 책 읽기에 들어가기 전 3일 동안, 멈춰진 시간에 달라진 우리의 일상을 나누었다. '나의 삶은 코로나 19로 어떻게 변했나?'를 질문했다. 적어진 것과 많아진 것, 줄어든 것과 늘어난 것, 좋아진 것과 나빠진 것, 최근의 주된 감정들을 나누면서 서로 서로 공감대가 깊어졌다. 바이러스 전문가를 비롯하여 여러 분야 전문가들의 강연 영상을 보고, 각자 '코로나 19는 ㅇㅇ이다'로 정의 내려 보았다. 예를 들어, "코로나 19는 '배움'이다", "코로나 19는 '혼자가 아니라 함께 이겨 나가는 것'이다", "코로나 19는 '덕분에'를 말하게 해주었다", "코로나 19는 '기회'이다", "코로나 19는 '쉼표'다" 등등……

또한 책 표지 앞면과 뒷면을 자세히 관찰하면서 떠오르는 생각을 쓰고, 총 21장의 목차를 소리 내어 읽으며 마음에 부딪히는 것을 자신만의 흔적으로 남겼다.

〈모모〉의 목차는 상반된 개념으로 문장을 만들어서 더 흥미롭다. 제 1장 어느 커다란 도시와 작은 소녀, 제 4장 말 없는 노인과 말 잘 하는 청년, 제 5장 많은 사람들을 위한 이야기와 한 사람을 위한 이야기, 제 7장 모모는 친구들을 찾아가고, 한 명의 적은 모모를 찾아온다. 제 9장 열리지 않은 좋은 모임과 열린 나쁜 모임……

그 중에서도 제 17장 '크나 큰 두려움과 더 큰 용기'는 지금의 내 상황을 말해주고, 내게 필요한 것이 무엇인지 알려준다. 매력적인 목차만 봐도 미하엘 엔데의 풍부한 상상력이 느껴져서 노트에 적으며 빨리 읽고 싶은 마음을 다잡는다. 매일 한 챕터씩 천천히 읽는 것이 미션이라 다음 스토리가 궁금해도 꾹 참느라 힘들었다는 말에 공감하는 댓글이 이어진다.

'오랫동안', '모두 함께', '당장에', '정성껏'

드디어 4일차 본격적으로 1장을 읽기 시작했다. 모모는 작은 키에, 대단한 말라깽이에, 8살인지 12살인지 모를 아이의 머리는 한 번도 빗질이나 가위질을 한 적이 없는 듯 마구 뒤엉켜 있었다. 깜짝 놀랄 만큼 예쁘고 커다란 눈은 머리 색깔과 똑같은 까만색에, 거의 언제나 맨발로 돌아다녀서 발 역시 새까만 모습으로, 마을의 옛날 원형극장 터에 찾아왔다. 부모도 없이 혼자인 모모를 위해 마을 사람들은 오랫동안 의논하고, 모두 함께 모모를 보살피기로 한다.

모모를 위해 자신이 할 수 있는 일을 찾는 사람들은 **'오랫동안', '모두 함께', '당장에', '정성껏'** 모모를 돌본다. **'모모를 위해, 일부러 남긴 음식을 들고 찾아 온 마을 아이들'**, 그들을 바라 본 모모는 **'친절하고 가난하지만, 삶이 무엇인지 알고 있는 사람들'**이라고 말한다. 팬데믹 이후 끊임없이 질문하는 '어떻게 살아야 하는가?'의 답을 1장에서부터 만나게 되어 가슴이 뛰었고, 모모와의 첫 만남에서 마을 공동체의 아름다운 마음이 보였다.

이 세상 모든 이의 말에 귀를 기울이는 모모, 그에게서 배운 것은 **'지금 있는 그대로의 나 같은 사람은 이 세상에 단 한 사람도 없다. 그렇기 때문에 나는 나만의 독특한 방식으로, 이 세상에서 소중한**

존재다.' 라는 사실이다. 그렇다. 나, 너, 그리고 우리 모두는 소중한 존재다.

함께 읽기의 진수를 맛 본 건 제 3장이다. **'모모가 있으면 매일 새로운 놀이를 생각해 냈고, 점점 더 멋진 놀이를 만들어 내는 아이들'**을 보며, 맘껏 상상하며 놀 수 있다는 것이 얼마나 행복한 일인가 생각했다. 주로 집에서 게임과 장난감을 가지고 놀고, 놀이터에서도 마음껏 노는 아이들을 찾아보기 힘든 현실이 안타까웠다. '함께 읽기'에 참여한 11살 아이가 3장 속 아이들의 주문인 **"에니 메니 알루베니 바나 타이 주주라 테니!"**를 노래하듯이 녹음해서 자신만의 흔적을 남겼다. 책 속 아이들의 목소리를 듣는 것 같이 실감나서 듣고 또 들으며 따라 불러보았다. 1년이 지난 지금도 귓가에 맴도는 아이의 목소리.

모모의 친구, 도로 청소부 베포 할아버지는 자신만의 속도를 잘 아는 사람이다. **"한꺼번에 도로 전체를 생각해서는 안 돼. 다음에 딛게 될 걸음, 다음에 쉬게 될 호흡, 다음에 하게 될 비질만 생각해야 하는 거야. 계속해서 바로 다음 일만 생각해야 하는 거야"**라면서 **'그래야 일을 하는 게 즐겁고 잘 해낼 수 있다'**며 그가 작은 안경 너머로 낯선 소년을 따뜻한 시선으로 유심히 바라보며 말한다. **"이유가 있을게다. 분명 이유가 있을 게야."** 그렇다. 모든 사람들의 말과 행동에는 다 나름의 이유가 있다. 수업과 상담 때 언급하는 요시다케 신스케의 그림책 〈이유가 있어요〉와 정혜신 박사의 〈당신이 옳다〉가 떠올랐다.

아이의 말과 행동에서 아이의 속마음이 보이거나 그 이유를 알아차리는 것은 쉽지 않다. 아이의 잘못 된 언행과 습관을 빨리 고치고 싶어 끊임없이 잔소리를 늘어놓는다. 잔소리나 혼을 내는 것은 당장 아이의 잘못 행동을 그만두게 하는 일시적인 효과는 있지만, 부모의 잔소리로 변화를 끌어내긴 어렵다. 진정한 변화는 아이 스스로 깨달을 때 시작된다. 깨닫게 하려면 어떻게 해야 할까? 진심으로 믿어주고 기다려 주며 스스로를 알아차릴 수 있게 공감해줘야 한다. 하지만 이 또한 쉽지 않다. 베포 할아버지처럼 다가가서 따뜻한 시선으로 바라보며 , 진심으로 궁금해 하고, 다 이유가 있을 거라고 공감해주는 것, 엄마가 자기 자신에게 먼저 공감하며 아이의 마음에 귀 기울일 때 비로소 보인다.

한 줄 한 줄 놓치고 싶지 않은 〈모모〉를 읽으면서 '어떻게 살 것인가?'의 방향이 보였다. 모모와 베포 할아버지가 한 것처럼 다가가기, 따뜻한 시선으로 바라보기, 곁에 가만히 있어주기, 그의 이야기에 귀 기울여 들어주기가 바로 내가 살고 싶은 삶의 모습이다.

모모가 던지는 질문들에서 내 안의 답을 찾는다. '나는 어떻게 살고 싶나?', '우리는 어떻게 살아야 할까?', '시선을 어디에 두고, 무엇을 바라봐야 할까?', '나에게 시간의 의미란 무엇인가?'

모든 사람은 각기 자신만의 시간을 갖고 있다. 모모는 말한다. 시간은 진짜 주인의 시간에서만 살아있다고. 그 시간은 '가슴으로 느끼는 시간'이라고 말이다.

나는 이 멈춤의 시간에, 스스로에게 물어 본다. '내 인생에서 가슴으로 느끼는 시간은 언제였는가?' 그리고, 나에게 나지막이 대답한다. 내게 주어졌던 매 순간마다 배우고 성장 할 수 있어서 감사하고, 행복한 시간이었다고. 그 시간들 속의 나는 혼자가 아니었다. 내게 다가와 진심으로 궁금해 하고, 질문하고, 때론 가만히 곁에 있어주고, 어깨를 내어주며 비스듬히 기댈 수 있게 해 준 친구가 있고, 이웃이 있었다. 나만 힘들고 절박한 게 아니라는 안도와, 서로의 무거운 마음을 알아주며 출구 없는 막막함에 눌려 있던 마음이 명료해지고 안정감을 갖게 되었다.

우린 함께이고, 함께라서 이겨낼 수 있을 것이다!

프로필

- 통합교육 비전공동체 활동가
- 아동, 청소년, 학부모를 위한 교육 콘텐츠 개발자
- 세계를 품는 NIE, 독서 논술 대표
- 책성맘-학부모 독서모임과 진로진학 특강

봄의 향연 2021

김 경 란

온 세상은 꽃 만발
꽃잎 눈 되어 후두둑 떨어지니
그 길로 오실 손님 위해
발그레한 꽃길 내어준다

연인들 가슴속엔 소생하는 생동감
넘치는 행복이 춤추듯 다가와
두 팔 쳐든 어린아이 눈동자처럼
활발하게 태동하며 피어오르는
삶의 신비로움

집시들이 노래하고
열정의 춤꾼에게 탄성 보내던
거리의 축제는 어디로 갔나

필연으로 돌아올 2022년 봄에는
마음껏 노래하고
우리 모두 함께 춤추며
싱그러운 축제를 즐길 수 있게끔
시간과 공간을 허락해 주소서

어머니

파릇파릇 쑥향기 코끝을 찌르면
칠공주 뒷바라지 위해 거친 손 마다않고
새봄이면 자식들 몸에 좋은 약이라며
애쑥 찾아 들과 산을 헤매던
내 어머니

퇴근길이면 어김없이 오는 전화
수고했다 힘들지?
내 새끼 사랑해
세상 가장 고운 목소리
단 한번이라도
다시 들을 수 있다면

솜털같이 따스하고
구름처럼 포근한 어머니
꿈에서라도 그 품에 안겨보고 싶다

내 엄마라 감사하고
그 깊은 사랑에 보답하지 못해 가슴 아픈
생각만 해도 눈물방울 떨어진다
그립고 또 그리운 당신

강의실

새 학기 캠퍼스를 거닐며 새로운 친구와 만나느라
들떴던 제자들 모습 보이지 않고
눈빛을 교환하며 시계를 쳐다보던
쉬는 시간 달콤함도 느낄 수가 없다.

사람들 오고가지 않는
학교 식당은 빈 식탁
활짝 핀 백합이 봐줄 이 기다리며
진달래 개나리 벚꽃
꽃잔치를 열었건만
아무도 찾지 않는 벤치만 외롭다

등교 길에 자주 들렀던 카페와 밥집들 사이엔
한껏 멋 부린 설렌 미팅도 제한되고
봄날이지만 거리는 적막감만 흐른다.
학창시절 즐거움도 나눌 수가 없다.

주어진 기간 안에 수강하면 되는 인강은
지각 결석의 조바심도 없다.
한자리에서 꿈을 키우지는 못하지만
각자의 자리에서 더 발전된 내일을 준비하자

사랑하는 제자들에게
대면하며 안부를 묻고 더 많은 꿈을 전해 주고 싶다.
파이팅 !

내면과 외면

아름다워지고 싶은 소망
누구나의 꿈이다
이른 아침 뷰티샵을 열어
음악을 준비한다

QR코드를 찍으며
마스크로 가려진
얼굴을 대신하여
나누는 반가운 눈인사

속박의 환경
억눌린 내면의 아픔
아름다움으로 디자인해
성취감을 맛보게 하는
외면의 미

슬픔 기쁨 함께 나눠
너나없이 친구가 되고
뷰티의 공간에서
날마다 선물하리
신선한 에너지를

압해도

서울에서 천리길 천사의 섬
파도가 노래하는 환상적인 음율.
노을 지면 바다는 햇살을 삼키고
일상을 잠재우며 꿈나라로 간다.

바다가 토해내는 아침 햇살에
풍어를 기원하는 어선들 줄을 잇고
갈매기 떼 분주히 길을 나서면
아낙네 두 손은 무사 귀환을 기도한다.

건너편 마주보는 가란도 고요함에
압해도 잔물결은 나룻배 길을 연다.
먼 고향 길 돌아오는 귀성 길에
내 고향 따스한 품속을 그린다.

프로필

- 부천대학교 뷰티케어과 교수
- 뷰티테라피 대표
- 한국여성유권자연맹 중앙이사
- 아시아뷰티교육방송재단 수석부회장
- 한국건강미용산업협회 회장

선생님 학교 가고 싶어요

김 원 배

커피 한잔을 손에 들고 현관문을 나서니 맑은 하늘에 햇살이 눈부시게 따스함을 전해준다. 계단을 내려가면서 운동장을 바라보니 체육 시간이 한창이다. 그늘막이 있는 의자에 앉아서 따뜻한 햇볕을 받으며 반짝이는 파란 잔디 위에서 마스크를 착용하고 뛰어다니는 아이들을 바라보고 있자니 나도 모르게 뛰어나가고 싶은 충동이 생긴다. 올해는 다행히도 전교생이 모두 등교한다. 잔디가 깔려 있는 운동장에서 아이들이 체육활동에 열중이다. 축구하는 아이, 친구들과 술래잡기 하듯 한 명은 뛰고 한 명은 잡으러 다니는 아이, 농구 하는 아이 등 운동장이 들썩이고 있다. 아이들 뛰어노는 모습은 정겹다. 2020년에는 볼 수 없었던 모습을 보니 나도 힘이 난다. 따끈한 커피 한 모금이 목줄기를 타고 내려가며 카페인이 뇌를 자극하며 텅비어 있던 2020년의 운동장 모습이 떠오른다.

교문 들어서면 파란 잔디가 깔린 운동장이 눈에 들어온다. 아침 시간에는 조기축구회 회원들의 축구 경기를 하는 활기찬 모습들이 보이고 수업이 시작되면 항상 왁자지껄하면서 중고등학교 학생들이 한데 어울리는 모습, 방과후에는 야구부 학생들의 훈련 모습들이 운동장을 가득 채웠었다.

어느 순간, 정겹고 활기찬 모습이 사라졌다. 교문을 들어서면 휑하니 찬 바람이 부는 운동장이 가장 먼저 눈에 들어온다. 1년 내내 학교는 방학이나 마찬가지였고 누구도 접근할 수 없는 공간으로 바뀌었다.

아침마다 손주 손을 잡고 후문으로 들어와서 파란 잔디 위를 가로질러 유치원으로 가던 할머니와 아이의 정다운 모습도 사라져 버렸다. 외부인 출입을 막기 위해 후문은 항상 무거운 자물쇠로 채워져 있다. 코로나19가 몰아닥친 학교는 썰렁하기만 하다. 3월이 지나고 4월이 되는데도 학교는 방학 중이다. 4월 9일 온라인 개학이 시작되고 1/3등교가 시작되면서 학교는 조금 활기를 찾기 시작했다.

아침에 출근하면 마스크 착용하고 체온계를 들고 현관 앞에서 아이들을 기다렸다. 무거운 가방을 메고 들어오는 아이들의 대부분 표정은 힘겨워 보였다. 길고 긴 겨울방학을 끝내고 학교에 나오려니 아이들도 힘들었을 것이다.

"얘들아 안녕. 그동안 잘 지냈니?

"장우야 오랜만에 학교오니 좋지"

"어서와 힘들지, 체온 검사해보자."

매일 아침 밖에서 체온계 들고 아이들을 맞이하는 것도 고역이지만 안전한 수업 진행을 위해 반드시 방역지침에 따라야 한다는 사명감으로 주어진 업무에 최선을 다하고 있다. 더운 여름이 시작되면서 아이들도 학교 오는 것이 힘들어 보인다. 등교하는 아이들에게 다정한 말로 인사를 먼저 건네도 아이들의 표정은 밝기 보다는 애매모호한 표정으로 눈인사를 한다. 나는 아이들 등을 토닥여주며 격려하지만 지금이 코로나 상황 때문에 고달픈 모습이 얼굴에 고스란히 나타난다.

수업 종이 울리고 교실로 올라갔다. 2019년까지 교과교실제로 운영되었는데 코로나로 2020년부터 학급교실제로 바뀌었다. 교과교실제는 대학교 수업처럼 교사는 교실에 있고 학생들이 수업시간마다 이동하면서 수업 듣는 형태다. 선생님들은 수업자료를 구축해놓고 더 효율적으로 수업을 진행할 수 있는 장점이 있다. 학급교실제는 기존의 교실처럼 학급으로 운영되는 교실을 말한다. 즉, 학생들은 교실에 앉아있고 선생님들은 수업자료를 준비해서 교실로 이동해서 수업하는 형태다. 코로나19 확산으로 교과 교실에서 수업 준비하던 선생님들이 교무실로 모이고 학생들 이동을 최대한 줄이기 위해 학급 교실에서 수업을 진행하기로 결정한 것이다.

교실로 들어가니 아이들 모두가 마스크를 착용하고 있다. 얼굴 반 이상을 마스크로 가리다 보니 얼굴과 이름을 외우는 것이 더 어렵게 됐다. 이름을 부르면 대답하는 아이가 어디에 있는지 알 수도 없다.

"얘들아, 출석 부르면 손을 들어줄래, 마스크를 착용해서 누가 대답했는지 알 수가 없구나" 아이들은 자기 이름을 부르면 손을 들면서 "네"라고 대답한다.

수업 중간중간 질문을 던지면 아이들의 말소리가 나에게 전달되지 않는다.

"얘들아, 큰 소리로 말해줄래, 선생님은 귀가 잘 안 들린단다."

아이들은 눈으로 웃어준다. 마스크를 했으니 소리 내어 웃기보다는 눈으로 웃는 것 같다. 마스크 착용하고 수업하는 것이 이래저래 힘들다. 내 강의 목소리도 아이들에게 제대로 전달되는지 의심스럽다.

온라인 개학이 시작되면서 E학습터 플랫폼에 교사는 자료를 올리고 아이들은 시간표에 맞춰 집에서 강의를 듣기 시작했다. 수업자료를 업로드할 수 있는 플랫폼은 구글클래스룸, EBS온라인클래스, E학습터 등이다. 학교마다 상황에 맞는 플랫폼을 정해서 온라인 수업을 진행했다. 나는 E학습터에 〈진로와 직업〉교과 교실을 개설하고 학생들을 초대하여 자료를 탑재했다. 그러면 아이들이 수업시간표에 맞춰 입장하여 수업에 참여한다.

매스컴에서는 온라인으로라도 학생들이 강의를 듣게 되어 다행이라고 했다. 수업 시간표는 1학기는 학년단위 2학기는 학급 단위로 수업 시간표가 짜여졌다. 1학년은 쌍방향 실시간 수업으로, 3학년은 영상을 제작하여 E학습터에 올렸다. 4월 한 달은 줌 앱과 파워포인트 녹화기능을 활용하여 강의를 녹화하고 수업자료를 만들었다. 강의 영상을 촬영하고 E학습터에 업로드하고 학생들이 수업을 잘 듣고 있는지 점검하는 것이 일상이 됐다.

5월부터는 수업 방법을 바꿨다. 쌍방향 온라인 수업으로 전환하면서 화면으로라도 아이들을 만날 수 있었다. 쌍방향 온라인 수업은 교사도 힘들지만 온종일 집에서 컴퓨터나 스마트폰 앞에서 강의를 들어야 하는 아이들도 곤욕이다. 교사 입장에서 보면 차시별 수업자료를 온라인 환경에 맞게 제구성해야 한다. 즉, 해야 할 일이 늘어나게 된 것이다. 학생들 입장에서 보면 7교시 내내 컴퓨터 화면이나 스마트폰 화면을 쳐다봐야 한다. 눈의 피로감과 집중력이 떨어진다. 온라인 강의 환경에 익숙하지 않은 학생들은 힘든 상황이다.

교사는 텅빈 교실에서 컴퓨터모니터 화면을 보고 수업을 진행하는데 아이들은 각자 집의 방에서 수업에 참여한다. 처음으로 화면을 보고 수업을 진행할 때는 무척이나 어색했다. 아무도 없는데 혼자 떠들어야 하는 기분이다. 점차 시간이 흐르면서 일상이 됐다.

수업 중 문을 열어놓고 강의에 참여한 아이 뒤에서는 엄마가 청소기 돌리는 모습이 포착됐다.

"행운아. 방문 닫고 수업 들어라. 엄마 일하는 모습이 다 보이네"

아이는 깜짝 놀라며 방문을 닫았다.

자리를 이탈하여 방문 열고 나가는 아이가 있다. 갑자기 벌어진 일이라 제재할 수가 없었다. 학교 교실이라면 "왜 일어나니" 라고 물었을 텐데, 아이가 다시 수업에 참여할 때까지 기다렸다. 잠시 후 아이가 화면에 등장했다.

"승리야, 어디 다녀온 거야?"

"물 먹고 싶어서 냉장고에 가서 물먹고 왔어요."

"선생님에게 얘기하고 자리에서 일어나야지."

"아. 몰랐어요. 집이라 편하게 움직였어요. 주의하겠습니다."

"다음부터는 물먹으러 가던가 화장실 급하면 학교에서처럼 선생님에게 말하고 움직여야 한다."

아이들은 집에서 강의를 듣다 보니 평소 집안에서 하던 대로 행동하는 경향이 있다. 그래서 강의 전에 온라인 강의에 참여시 주의사항을 미리 안내해준다. 집에서 수업을 듣는 것이지만 학교 교실이라고 생각하고 수업에 참여해야 한다.

학교는 역시 아이들이 있어야 활기차 보인다. 선생님들만 왔다 갔다 일하는 모습은 학교로서 기능을 잃어 버린 것 같다. 학교는 출근해서 시간표대로 수업을 온라인으로 진행은 하고 있지만, 전혀 활력이 없다. 학교 급식도 중단된 상태라 선생님들끼리 삼삼오오 모여서 각자 준비해온 것을 먹기도 하고 선생님들 나름대로 해결하고 있다.

학교운영위원 임원선출과 학부모회 임원선출도 역사상 처음으로 온라인 투표로 진행했다. 매년 학기 초 학부모총회에서 임원들을 선출했는데 2020년과 올해는 온라인 투표로 진행했다. 학교운영위원회에서 학부모들이 등교수업을 절실하게 원하고 있다고 말한다. 그러나 학생들 모두 등교하는 것은 어렵다. 학부모들은 학년별 일주일씩 돌아가면서 등교하고 온라인 수업을 하게 된다면 수업의 질을 높여 줄 것을 학교 측에 요구하고 나섰다.

우리 학교 뿐만 아니라 전국 모든 학교에서 학부모들은 자료만 올리는 수업보다는 쌍방향 실시간 수업으로 진행해줄 것을 요구하고 있다. 학교나 교사들도 처음 겪는 상황이라서 동분서주 자신의 역량을 끌어모아서 온라인 수업에 대응하고 있다.

코로나 확산이 교사의 역할과 역량개발을 한 번쯤 생각해 보는 시기이기도 하다. 교사는 항상 부모의 입장에서 학생들을 지도해야한다고 생각한다. 필자가 중학교 3학년 때 담임인 김성평 선생님은 항상 우리들과 점심도시락을 같이 드셨다. 선생님은 67명의 아이들과 소통하며 친근감있게 우리들을 보듬어 주셨고 사랑을 나눠주셨다. 사춘기 청소년들에게는 김성평 선생님처럼 감성적으로 학생들을 지도해야 한다.

A상황 “너 왜 매일 늦게 오는거야?”

B상황 “요즘 많이 피곤한가 보구나 뭔 일 있니?”

A질문보다 B질문을 들었을 때 아이들은 선생님이 자기를 야단치는 것이 아니라 ‘내 감정을 보듬이 주고 있구나’라고 생각하며 공손하게 대답한다. 아이들은 선생님이 질문하는 의도를 잘 알고 있다. 사무적인 대화보다는 ‘나 전달법’으로 대화하는 것이 갈등을 만들지 않는 방

법이다. 필자는 아이들에게 말하기전에 내 아이면 어떻게 말할 것인가? 생각하면서 학생들에게 질문을 한다.

온라인 수업을 하면서 아이들의 표정은 밝지 않았다. 수업이 시작되기 전까지 잠자고 일어난 듯한 얼굴들로 수업에 참여하는 아이들도 있었고, 잠옷 차림으로 참여하기도 한다. 또한, 잠이 덜 깨서 세수하고 와도 되냐고 묻는 아이들도 있었다.

"아침 먹고 수업 듣는 거니?"라고 물으면

"이제 일어난걸요."라는 아이들이 태반이다.

등교하지 않고 집에서 수업을 듣다 보니 아이들의 생활방식도 엉망이 되었다. 교사들은 그래도 학교 출근이라도 하는데 아이들은 등교하지 못하니 아이들도 힘들고 부모들도 미칠 지경이다.

방학이면 아이들 혼자 집에 두는 것이 걱정이던 부모들이 2020년은 1년 내내 집에 있는 아이들과 갈등으로 스트레스가 폭발 지경이었을 것이다. 어떻게 하든지 학교에 아이들은 등교해야 하는 것이 맞다. 학교에서 지식만 배우는 것이 아니라, 배려, 존중, 바른 인성, 의사소통 등 공동체 속에서 지켜야할 것들을 배워야 하는데, 가정에서만 있으니 제때 배우지 못한 아이들의 미래가 걱정되기도 한다.

체육수업이 끝나가는 것 같다. 아이들이 선생님 주변으로 모여들고 있다. 커피 한 모금을 넘기니 차가워진 커피가 목구멍을 타고 내라가며 제정신으로 돌아오게 한다. 나도 다음 시간 수업 준비하기 위해 자리에서 일어났다.

"선생님, 안녕하세요?"

운동을 하고 교실로 올라가던 아이들이 나를 발견하고 활기차게 인사를 건낸다. 마스크는 착용하고 있지만 아이들의 명랑한 모습을 보니 나도 힘이 난다. 모두 등교하면서 학교는 다시 제모습을 찾아가고 있다. 서로의 배려와 존중과 사랑이 이 코로나 위기를 극복할 수 있다.

"얘들아, 우리 모두 조금만 더 힘내자. 파이팅!"

프로필

- 경기화성 출생
- 삼괴고교 졸업
- 안양대학교 행정학과 졸업
- 단국대학교 교육대학원 일반사회전공(석사)
- (전)장충고등학교 법인실 인사담당부장
- (현)장충중학교 교사(진로진학부장)
- 유튜브: 김원배 진로진학 TV

인삼 캐러 가는 날

김현근

막내동생이 초등학교에 입학하던 해 아버지는 많은 고민 끝에 인삼 관련 사업에 발을 들여 놓았다. 인삼은 지금보다 당시엔 훨씬 가격이 비싸고 희소성이 있었다. 이런 인삼 관련 사업엔 여러 행태가 있었다. 수확 적기에 임박한 인삼 밭을 밭떼기 단위로 사들인 후 일정한 수준의 손질과 가공 후 수삼이나 건삼으로 되팔아 매매차익을 남기는 것이 대부분이었다.

대망의 인삼 캐러 가는 날이 드디어 밝았다. 모든 일꾼들이 도착한 후 준비물을 다시 한번 꼼꼼하게 점검한 후 최종 목적지로 팀웍이 뛰어난 '별동대'는 출격을 개시했다. 먼저 아버지는 오래 전부터 당신의 애마가 된 배기량 200CC 오토바이의 시동을 걸어 선발대로 벌써 출발한 지 오래 되었다.

친구가 운전자가 된 경운기와 삼륜화물차를 조합하여 고안해낸 '개종차'에 준비물을 빠짐없이 챙겨 싣고 별동대 일행은 숫머리를 지나 모리 삼거리 모퉁이를 돌았다. 먼지가 풀풀 날리는 비포장 신작로 길을 따라 한참을 달려 길 한 켠에 우리는 자리를 잡았다. 최종 목적지이자 집결지는 신작로 건너편 야산 중턱에 자리한 인삼밭이었다.

이미 선발대로 나선 아버지와 인삼 밭주인(전주), 가족, 이웃사촌, 같은 부락 지인들이 미리 도착하여 일행을 반갑게 맞이했다. 아버지가 미리 준비한 찌개전용 돼지고기 부위인 "퇴옥살" 10근 뭉텅이를 덤으로 건넸다. 전주는 만면에 웃음을 띠었다. 오늘 전주가 베풀기로 되어 있는 점심잔치 준비에 한결 부담을 덜었다는 눈치였다.

드디어 일은 시작되었다. 일꾼들이 인삼밭에 투입되었다. 인삼 채굴 작업이란 것이 갈대로 엮어 얹은 인삼발 그늘 아래에서 이루어지는 덕분에 수월해 보이기도 한다. 그럼에도 다른 막노동과 달리 좁고 낮은 공간에서 쪼그려 앉은 자세로 지속적인 곡괭이질을 해야 했다. 그 모양을 밖으로 드러낸 인삼 뭉치를 흙 부스러기나 지푸라기 등을 탈탈 털어내고 후속 작업을 하는 사람의 눈에 띄기 쉬운 장소에 가지런히 올려놓으며 계속 진군해야 했다. 이러다 보니 오금도 저리고 수시로 허리에 통증이 왔다. 결코 녹록한 작업이 아니었다.

한 두렁의 작업을 마치거나 일정한 진도가 나간 경우 일꾼들, 전주 가족, 동네 구경꾼들이 자연스럽게 둘러앉아 탁배기를 한 잔씩 마셨다. 오늘은 참여 인원이 적지 않다 보니 주름이 많고 찌그러진 양재기가 일시적으로 부족했다. 차례가 오기를 애타게 기다리던 일부 동네 구경꾼들은 이젠 방법이 없었다. 신고 온 흰색 고무신짝 안쪽의 흙 부스러기 "북띠기"조각 등을 아쉬운 대로 땅바닥에 툭툭 떨어내고 들이댔다. 신성한 노동후 흘러내리는 땀을 훔치며 들이켜는 탁배기는 토종 조선 꿀맛을 능가했다. 이도 저도 아니고 기다리다 지친 동네 어르신은 양 손바닥을 오목하게 한데 모아서 줄을 섰다. 세숫물 대신 탁배기를 양손 바닥으로 가득 받아 한숨에 후루룩 들이켜는데 영화에서도 보기 쉽지 않은 희귀한 장면이었다.

그 무렵 인삼 전주의 안주인과 동네 부녀자들 네 다섯 명이 은색 스테

인리스 또는 고무 다라이를 각각 하나씩 머리 위에 똬리를 깔아 이고 더러는 두 세개의 주전자를 한 손에 마저 들고 인삼 밭 입구로 들어섰다. 드디어 푸짐하고 넉넉하게 여유 있는 웰빙 음식 오찬 파티가 벌어졌다.

아직 햅쌀은 이르지만 문전옥답에서 수확한 천연산 기름이 좔좔 흐르고 빛깔도 영롱한 '아끼바레 흰쌀밥'이 제일 먼저 눈에 들어왔다.

집에서 직접 만든 수제두부를 아끼지 않고 듬성듬성 썰어 넣고 으깨진 콩입자와 온전한 콩알이 뒤범벅된 '담북장'(청국장), 무쇠 솥 밥 위에 얹어 쪄낸 호박잎과 약간 빽빽한 강 된장, 아버지가 미리 건네 준 퇴옥살에 두부와 호박꼬지 등을 넣은 김치찌개, 시래기 된장국, 검은색 서리태 콩자반, 무는 물론 감자도 썰어 넣은 고등어조림, 참기름을 아껴 발라 구운 김, 기타 오이 · 가지 무침, 멸치볶음, 깻잎 장아찌, 토종 순 찹쌀과 메주 등으로 빚은 고추장, 된장에 생오이, 양파, 고추, 상추, 깻잎 등이 총출동했다.

음식 인심이 특별히 좋기로 소문난 전통 남도 한정식 집의 풍성한 메뉴를 방불케 했다. 아무리 몸 상태가 좋지 않은 사람도 이 웰빙 음식을 먹으면 무조건 입맛이 돌아올 수밖에 없었다. 맑은 공기와 초가을 녘 부드러운 햇살 등 뛰어난 풍광 아래서 신성한 노동으로 흘리는 땀과 허기 등이 서로 상승작용을 했다. 산해진미가 될 수밖에 없었고 모든 음식은 눈깜박할 사이에 동이 났다.

일꾼들이 인삼 밭 둔덕 위의 한 켠에 간지런히 인삼을 늘어 놓게 되면 후속 작업자는 마대에 모조리 집어 넣어 중앙 집결지로 모았다. 이렇게 하여 하나의 제법 큰 인삼더미가 완성됐다. 이 더미는 햇빛이 들지 않고 습기가 없으며 통풍이 좋은 곳을 택해서 보관해야 했다. 구름은 새털 수준밖에 없었고 산들바람이 부는 초가을 들녘이었다. 풍광이 뛰어난 그 이름도 정겨운 동네 '름벌' 산자락이 되다 보니 이런 장소를 고르기가 별로 어렵지가 않았다.

아버지는 제법 규모가 되는 인삼 더미를 마대에 담기 전에 섬세하게 사전 작업을 한 번 더 했다. 더미가 쌓이기 전에 아버지는 별도의 도구도 없이 양 손과 손가락만 이용하여 다시 한번 흙 부스러기 등을 떨어냈다. 이 소중한 인삼이 행여 다치지 않도록 조심스럽지만 능숙하게 흔들어대는 최종 점검 작업이었다. 이 총집결지에서 인삼이 약간 꾸들꾸들한 상태까지 마르기를 기다리는데 이는 "도가"(양조장) 앞마당의 너른 멍석위에서 말리던 고두밥을 방불케 했다.

어둑어둑해질 무렵 면소재지 5일장터 인근에 자리한 '창고집'에 도착했다. 별동대원들은 각자 보급받아 목에 걸고 있던 수건을 힘차게 흔들어 일행의 화려한 개선을 기다리던 가족들의 기대를 결코 저버리지 않았다.

무릇 노동은 신성한 것이다. 그것이 사람이 먹고 사는 생업에 관련된 것이라면 더욱 그러하다. 8인 대가족의 생계를 책임진 아버지는 투기적인 인삼 관련 사업에 베팅을 하여 결국 성공했다.

아버지는 18세의 어린 나이에 소년 가장이 되었다. 그 후 다시 분가하여 새로운 가정을 꾸렸다. 할아버지로부터 한 푼의 재산도 물려 받지 못했다. 그럼에도 살아남기 위해 날품팔이, 양곡상, 과일장사 등 이것 저 것 해보지 않은 사업이 없었다. 자수성가의 전형이었다. 그래서 우리 6남매 자식을 번듯하게 길러냈다. 아버지가 우리에게 보여 주었듯이 우리 형제들도 자녀들에게 땀흘려 노력하는 모습을 보여주는 롤모델이 되었으면 한다.

이상이 생업과 관련된 신성한 노동이자 소풍행렬이기도 했던 인삼 채굴 여정이었다. 내년 초가을엔 내가 이를 재현해보고 싶은 마음이 굴뚝이지만, 그 일행에 아버지의 모습을 볼 수 없는 것이 한으로 남는다.

프로필

- 충북영동 출생
- 보문고교 졸업
- 경희대학교 법학과 졸업
- 경희대학교 대학원 법학과 졸업(민법학 석사)
- 대한투자신탁 입사~하나금융투자 퇴사

바라보다

김 현 주

진정한 여행이란 새로운 풍경을 보는 것이 아니라 새로운 눈을 가지는 것이다.

역사에 문외한이었던 나는 단지 박물관 관람이 교육에 좋다는 말을 듣고 여섯 살 된 큰 아이와 욕심과 무지로 얼룩진 나들이를 시작했다. 엉망에서 시작해 난장판으로 끝을 맺던 체험에 지쳐가던 2006년, '놀자아'(놀며 자라는 아이들) 온라인 커뮤니티를 통해 박물관에서 새롭게 노는 방법을 알게 되었다. 아이와 진짜로 놀아보는 경험이 쌓이면서 체험 학습 강사를 거쳐 컨텐츠 디렉터의 일을 하게 되었다. 무생물로 보였던 전시물에 스토리와 캐릭터를 씌워 생생하게 살아나게 하는 디렉팅 작업은 짜릿하고 매력적이었다. 한참 동안 일에 빠져있던 나는 셋째 아이 출산으로 5년 동안 해 온 일을 할 수 없이 그만두게 되었다. 이후 무너진 마음을 다시 일으키게 된 계기가 2014년 시작한 '고고(古GO)시간탐험대'라는 프로그램이다. 그동안의 디렉팅의 경험과 함께한 사람들의 도움으로 '고고 강화도 보물찾기 윷놀이', '고고 미션 독립군', '수원화성 절대 딱지를 모아라' 등 시대와 장소, 놀이와 아이들이 하나로 묶일 수 있는 새로운 체험을 만들 수 있게 되었다. 차별화된 프로그램과 아이들을 바라보는 마음이 주변에 알려지면서 체험 프로그램은 꾸준히 성장하였고, 2020년 6기 회원 모집 또한 순조로웠다.

하지만 지난해 1월 갑자기 모든 것이 멈췄고, 그 멈춤은 익숙한 일상을 전혀 예측할 수 없는 상태로 몰아갔다. 체험 학습 열풍으로 주말마다 쉬지 않고 일해야 했던 나에게 처음의 멈춤은 허락된 휴가였고, 휴식이었기에 감사했다. 하지만 의도치 않은 쉼의 시간이 길어질수록 수입은 줄어들었고, 궁핍함은 커졌다. 할 수 없는 것들이 많아지면서 삶의 모든 영역에 불안감이 엄습했다. 가쁜 숨을 몰아쉬면서 마주한 현실을 외면하고 회피하기 위해 방구석 동굴 속으로 숨어들었다. 동굴 속에서 행해진 자신에 대한 분노와 원망은 순식간에 타인과 세상을 향했고, 주어진 귀한 하루하루를 망가진 시간 속에서 살게 했다.

허무한 시간의 파도 속에서 정신을 차리지 못할 때,

문득, 정상적인 일상을 살고 있다면 지금쯤 무엇을 하고 있을지 생각하게 되었다.

'고고(古GO)시간탐험대의 일들을 가장 비중 있게 하고 있지 않았을까?'

'진정한 여행이란 새로운 풍경을 보는 것이 아니라 새로운 눈을 가지는 것이다' 라는 핵심 가치를 고민하며. 아이들에게 '새로운 눈'을 원했을 것이다. 이런 생각이 들자, 나는 정작 새로운 눈을 가졌는가에 대한 질문이 생겼다.

새로운 눈을 가진다는 것은 무엇인가?

새로운 눈을 가진다는 것은 관점이 다르다는 것이다. '관점'은 사물이나 현상을 관찰할 때, 그 사람이 보고 생각하는 태도나 방향 또는 처지를 의미한다. '바라볼 관(觀)'이 바른가, 그른가에 따라 선택도 다를 뿐더러 마음가짐과 행동도 달라진다는 뜻이다. 그렇다면 바라봄의 주체는 누구인가? 바로 나인 것이다. 내가 무엇을 가치 있게 생각하며 바라보느냐에 따라 세상 모든 것들이 다르게 인식될 수 있다. 바닥에

다다랐을 때에야 그동안 무심코 지나쳐 온 것들에 대해 새로운 의미가 부여되기 시작했다. 지금까지 비전과 텍스트로만 받아들인 것에 질문이 더해지니 새로웠다. 그렇다. 새로운 것은 새롭다고 생각하며 내놓은 순간 이미 더 이상 새롭지 않다는 것을 잊은 것이다.

그렇게 해서 새로운 눈을 가진다는 것이 무엇인가에 대한 생각은 정리되었지만 마음은 여전히 복잡하던 찰나에 다산 정약용 생가를 찾게 되었다. 남양주 생가에서 만난 그는 조선 후기 최고의 실학자라는 진부한 수식어가 아닌 자신만의 방식으로 고단한 삶을 버티며 살아낸, 한 사람으로 다가왔다. 한 사람으로 바라보게 되니, 그의 앞에 닥친 고난과 시련을 견디기 위해 감내해 냈을 숱한 순간들이 보였고, 그 속에서 기어이 참아낸 숨결을 느낄 수 있었다.

다산이 이전과 다르게 보이니 생가 주변을 감싸는 풀, 꽃, 돌, 나무, 흙, 산, 구름, 하늘, 해, 바람, 물결이 신통하게 여겨졌다.

살아왔구나!

버텨냈구나!

견뎠구나!

기어이.

기필코.

오히려.

그럼에도 불구하고.

그렇다면 지금, 내가 살아내지 못할 것은 무엇이겠는가?

버티고, 견디고, 참아내면 결국 살아낼 수 있음을 자연과 역사, 사람을 통해 보았다.

'오히려, 그럼에도 불구하고' 라는 단어는 시간의 색채감이 짙고, 무게감이 클수록 그 파장이 크다는 것을 느낀다. 시간이 더해질수록 농도 짙은 신비롭고 경이로운 살아냄의 힘.

'나'라는 주체가 의미를 두고, 가치 있다고 생각하는 것을 제대로 바라보려고만 한다면, 우리에게 주어진 시간은 고행이 아니라 여행이 될 수 있다.

여행이 즐겁기 위해서는 무엇보다도 자신이 무엇을 바라고, 보고, 듣고, 느끼길 원하는지를 정확히 알아야 한다. 같은 여행이라도 참여자의 만족도는 각자의 필요에 따라 다르기 때문이다.

또한 어떤 형태로든 내 앞에 다가온 시간과 경험에 물러서지 않고 마주하고자 하는 용기가 필요하다. 뒷걸음질 치고 달아날수록 그것들의 실체는 본연에서 멀어지고 허울뿐인 그림자가 점점 크게 덮쳐옴을 경험했기 때문이다. 하지만 처음에는 압도하고 있는 것들 앞에서 가느다란 숨을 쉴 수도 없을 만큼 괴로웠다. 괴로움을 덜고자 가장 먼저 한 일은 멈춤의 압력에서 나도 멈춰버린 것이다. 멈춤 속에서 일어난 또 하나의 멈춤. 스스로 멈춤을 선택하면서 놀라웠던 것은 그럼에도 불구하고 흘러가고 있는 것을 발견했음이다. 지금껏 살아온 삶이 모두 나의 애씀과 노력이라고 생각했는데 멈추고 보니 알게 된 것이다.

나의 주변에 이미 흐르고 있던 무수한 축복과 기쁨들.

그동안 멈춤이 없었기에 미처 헤아릴 수 없었던 삶의 영롱함들.

영롱함을 발견할 때마다 가슴 밑바닥에서부터 솟아오르는 희열의 빛.

그 순간 할 수 있는 것은 무엇이겠는가? 단지 누릴 뿐이다. 오롯이.

멈춰서 머무르고, 머무르면서 헤아린다.

그 헤아림은 결국 이미 차고 넘치는 충분함을 누릴 수 있게 한다.

새로운 눈으로 삶을 바라보니,
눈과 눈이 맞춰져 눈 맞춤이 되고,
그 눈 맞춤은 맞춰짐을 통해
서로의 길로 향하는 따스한 눈길이 되며,
눈길을 따라가니 빛에 잇닿아 눈빛이 된다.

새로운 눈으로 눈 맞춤을 하고, 따스한 눈길을 나누며, 찬란한 눈빛을 느끼는 순간 독특하고 고유한 나만의 색깔로 삶을 새롭게 바라볼 수 있음에 감사하다.

무너진 시간을 통해 그동안 소유했던 일상의 웅장함에 감사하며,

사라져버린 것이 아니라 허락되고 주어진 것들에 집중할 수 있음이 감사하다.

보이는 세계에서 보이지 않는 것들을 바라고, 볼 수 있음이 더더욱 감사하다.

바라보다.

프로필

- 마주하기 Q 1인 교육자.
- 어릴 때부터 꿈이었던 유치원 교사가 되었으나 출산으로 그만둠. '나다움'을 찾기 위해 꾸준히 성장하고 발전하는 중에 알고 깨닫게 된 것을 다음 세대와 소통하길 바라는 마음으로 현재에 이름.
- 2014년 3월부터 초, 중, 고등생을 대상으로 연회원 중심 매월 1회 종일 체험하는 '고고(古Go)시간 탐험대' 미션 참여형 역사탐방 프로그램 운영.
- 학생들 대상 '마주하기 Q 교육' 컨텐츠 기획, 개발, 운영. 역사, 지리, 독서, 글쓰기, 체험 등을 각자의 내면에서 생기는 Q(질문)를 마주하며 찾아가길 원하는 마음으로 코칭 접목한 교육 중.

소풍

김 희 경

1990년 봄.

통학버스는 설레는 봄 소풍이라는 이름으로 움직이고 있습니다. 볼 빨간 경희도, 매사 소란스러운 청자도, 껌 좀 씹어대는 인자도, 걸어 다니는 백과사전 엄지도, 너나 할 것 없이 한껏 멋을 내고 오늘 소풍을 손꼽아 기다렸습니다. 3주 전 오늘, 비가 와서 고등학교 들어 처음인 봄 소풍이 하마터면 취소될 뻔하였지요. 일정을 재조정하여 드디어 결전의 그 날이 왔습니다.

최종 집합 장소는 기차역 앞마당. 하나둘 멋을 낸 여고생들이 버스에서 내려 기차역 앞마당으로 부산스럽게 모여듭니다. 스프레이를 뿌려 댄 앞머리는 잔뜩 뽕이 들어가 부러지기 일보 직전이요, 전방 100m 앞에서도 향수 냄새가 코를 자극해 힘들어하면서도, 연신 킁킁대며 같이 뿌려보고자 달려들고, 분식집서 사 온 김밥 도시락은 털어 먹은 지 오래, 볼이 미어지게 입에 넣은 과자며, 사이다 병나발까지 하는 괴짜들, 역 앞에서 오늘 소풍을 끝내려나 싶어질 정도입니다. 흡사 전쟁터가 따로 없지요. 난장판입니다.

소풍 장소는 미산이라는 모래사장만 가득한 강변입니다. 가도 가도 모래 가득한 강변에 사방 산으로 둘러싸인 곳입니다. 그래도 좋다고 학교를 벗어나 자연 속으로 가는 소풍이라니 그저 설레고 그저 기뻤습니다. 오늘 하루만큼은 노래랑 춤이랑 장기자랑 신나게 하고, 선생님들이 준비한 장기자랑 상품도 기대하며, 오늘만큼은 영,수 학원 안 가도 되는 자유가 허락된 날이었기 때문이지요. 반별 출석 확인이 끝나고 기차에 오르자 삼삼오오 때를 따라 과자며 음료를 꺼내 들고 먹기 시작합니다. 기차로 20 여분 가는 곳이니 그리 멀지 않은 곳임에도 불구하고, 떠난다는 설렘에 한껏 부풀어 있습니다.

하나 둘 목에 건 카메라를 향해 작정이나 한 듯 사진을 찍고 있을 즈음, 기차는 작은 역에 잠시 정차하였습니다. 가족인 듯한 이들이 모여 인사를 합니다. 어머니로 보이는 분은 연신 손수건으로 눈물을 훔치며 잘 다녀오라는 인사를 주거니 받거니 합니다. 멋진 오빠 둘이 급히 올라탄 기차가 하필 우리 반이 탄 기차 칸이었는데, 이때부터 우리 반 괴짜들이 난리가 났습니다. 생전 처음 보는 두 남성에게 달려들어 너나 할 것 없이 사진을 찍자고 말입니다. 그들도 싫지 않은지 웃으며 연예인처럼 사진 찍기에 응수하고 있습니다. 그즈음 삐딱하게 행동하고 군인 펜팔도 하고, 코피가 난다고 거짓말하고 야간자율학습을 빼먹던 은희에게 친구들이 놀리기 시작했습니다. 까불이 인자가 나섭니다.

"야! 저기 저 사각 턱 오빠 있지? 가서 저 오빠랑 사진 찍고 와. 내가 소개팅 시켜 줄게"

"뭐라는 거야. 내가 왜?."

손사래를 치고 있었지만 아이들은 기차간이 떠날 듯이 환호성과 박수로 휘파람까지 불어댑니다. 용기백배하였지만 어째 내키지 않아 하는 은희를 인자는 등을 떠다밀어 앞으로 보내버렸습니다. 그러자 두 남성은 기차 칸 밖으로 밀려 나오는 은희를 보고 웃습니다.

"이리 와요. 내기 한 모양인데, 사진 찍어요."

말끝을 흐리는 은희를 향해 사각 턱의 아저씨는 흔쾌히 사진을 찍어 주었습니다. 홍당무가 된 은희가 고개도 못 들고 인사를 하고 기차 칸으로 들어오려던 찰나, 종이 하나를 건네받았습니다. 거기에는 군부대 주소가 있었습니다. 그러니까 입대를 하는 것이 아니라 휴가를 나왔다 복귀하는 모양입니다.

"저기 이거 내 주손데, 편지 써요. 편지 보낼 때 사진도 같이 보내요."

"사진 찍어 주셔 고맙습니다."

이걸 본 아이들이 손짓 · 발짓 휘파람을 하며 들어오라고 난리입니다.

"뭐야? 어깨에 손 얹고 사진 찍어 준 거야? 오~~~"

"은희 오늘 계 탔네!"

"야. 근데 뭘 준 거야? 어~? 손에 뭐야?"

"껌. 껌 같던데?"

주소를 받았다고 차마 말도 못 하고 벌게진 얼굴로 웃으며 은희는 자리에 앉았습니다. 볼 빨간 경희가 다가와 귓속말합니다.

"야~ 잘해 봐."

못 말리는 까불이 인자도 이야기 합니다.

"내가 다 봤다!"

걸어 다니는 백과사전 엄지도 거듭니다.

"너 알지? 사랑은 편지를 타고. 히히힛".

소풍을 다녀와 사진을 인화했습니다. 미산 강변에서 누렸던 시간들 만큼이나, 볼 때 마다 미소가 지어지는 사진 한 장. 기차 칸에서 등 떠밀려 찍은 사각 턱 군인 아저씨와의 추억에, 은희는 선뜻 군 생활 잘하시라고 편지 한 장 써 보내야 하는걸까 고민만하다 훌쩍 두 달여가 지났습니다. 여름방학을 한 어느 날. 은희네 집으로 한 통의 전화가 왔습니다. 군인아저씨는 자신의 여동생 미영에게 은희네 집에 대신 전화해 달라고 부탁을 하고 전화를 한 모양입니다. 남자가 전화를 하면 연애한다고 의심하며 바꿔주지 않을까 싶은 상황이 그 시절엔 부지기수였습니다.

"저 은희 친구 미영이라고 하는데요, 안녕하세요! 은희 좀 바꿔주세요."

의심 없이 은희에게 전달된 전화기 속 목소리는 사각턱 아저씨였습니다. 포상휴가를 나왔다가 까불이 인자와 인연이 닿았고, 인자는 스스럼 없이 은희의 집 전화를 알려준거였습니다. 거실에 누워 뒹굴거리던 은희는 엄마가 바꿔주는 전화에 많이 놀랐습니다. 정말 인자는 못 말립니다.

'아니 그럼 인자도 주소를 받았던 거였나? 전화번호까지? 까불이 인자!. 대단하다'

진심 혼잣말을 하며, 은희는 감탄 또 감탄 하였습니다.

"나 누군지 알겠어요? 기차에서 사진 찍어 준 의경 아저씨인데,"

"아.. 안녕하세요. 어쩐 일이세요?"

"포상 휴가 나와서, 혹시 오늘 시간 되면 밥 먹을래요?"

은희는 잠시 망설이다 대답하였습니다.

"아 죄송합니다. 아저씨.좀 곤란해요."

"아 그래요? 나는 밥이나 한 그릇 먹을까 하고 전화 한 건데, 인자씨도 나올 건데,"

"인자랑 즐거운 데이트 하세요. 전화 주셔서 고맙습니다."

은희는 거절 아닌 거절을 하였지만, 약간의 아쉬움도 있었습니다. 모르는 사람을 만난다는 두려움에 덜컥 겁이 났기 때문입니다. 그렇지만 은희는, 2학년이 올라가기 전까지, 육군 · 공군 아저씨께 편지를 써대느라 밤이면 책상 앞에서 불을 밝혔습니다. 인자는 은희 대신 기어이 사각턱의 의경 아저씨와 연예를 이어가는 듯하더니, 찬란한 연예사의 끝판을 보이며 고등학교를 졸업하자마자 결혼을 하였습니다. 그러나 사각턱 아저씨와 결혼으로 이어지지는 않았던 모양입니다. 범생이 은희가 삐딱하게 행동하고 공부보다 군사우편에 정신이 팔려 중간고사 기간에도, 기말고사 기간에도, 편지를 써 대느라 밤잠을 설쳤다는 전설을 지금도 친구들은 이야기합니다.

어제는 은희의 깍쟁이 친구 경은이 아들 강군이 강원도 최전방 부대에 자진입대 했다고 전화가 왔습니다. 어려서부터 보았으니, 은희에게도 아들과 같은 아이입니다.

"어이구 우리 은희, 삐딱선 타던 시절 한 명만 잡았어도, 쯧, 쯧, 군에 간 아들뿐이냐. 손주도 봤을 텐데. 아 옛날이다. 킥킥."

"야! 우리 아들. 군대 갔다. 은희 너! 위문 편지 전문 아니냐, 편지 한 장 재미있게 써 보내봐라."

은희는 웃으면서 받아쳤습니다.

"요즘은 인터넷 시대야. 군에서 전화도 가능하다던데, 편지는 무슨. 다 부질 없다!"

각 잡고 책상에 앉아 편지를 쓰다 그 시절 그날들 생각에 결혼도 못 한 은희는 괜시리 웃음이 납니다. 그 시절 은희와 편지를 주고받던 군인 아저씨들도 대한민국의 중년 가장으로 이 땅 어디선가 건강히 잘 살고들 있겠죠? 아들들을 군대에 보내면서 말이죠. 아마 기차에서 재잘거리는 여고생들을 만나지는 못 할 겁니다. 코로나 시대니까 말이죠.

프로필

- 사회복지사.
- 언제나 모든 것이 길이라 믿고 자신의 삶을 글로 풀어내고픈 이.
- 현재 충청북도에서 사회복지사로 일하고 있음.

나는 학교에 가지 않는다

박유은

홈스쿨링…처음에는 막연한 생각으로 시작되었다. 사실 내 기억 속에서 학교가 재미있었던 것은 초등학교 2학년 때까지였던 것 같다. 공부할 것도 없었고 선생님도 친절했으며 친구들과도 두루두루 잘 지냈기 때문이다. 가면 갈수록 학교 수업은 점점 더 지루해지고 친구들, 선생님과의 관계도 쉽지 않았다.

5학년 때의 일이다. 교실에 들어가니 책상 서랍에 넣어두었던 내 수학 교과서가 펼쳐져 있었다. 나는 별로 대수롭지 않게 생각했다. 그런데 다음 시간인 수학 시간에 교과서를 펼쳐봤더니 이런 말이 적혀 있었다.

'야, 이런 문제도 못 풀면서 전교 일 등 맞냐? 이건 이렇게 푸는 거야.'

내가 나 자신을 전교 일 등이라고 한 적도 없고 우리 학교는 석차도 나오지 않는데 정말 어이가 없었다. 게다가 어느 날은 학기 초에 만들어서 책상 위에 붙여놨던 명패에 이런 글이 적혀 있었다.

'안녕하세요. 저는 예쁘고 섹시하고 귀여운 박유은이에요.'

그렇게 이상한 글을 내가 쓴 것처럼 적어 놓았다. 처음에는 가벼운 장난으로 시작되었지만 가면 갈수록 도가 지나친 것을 느낀 나는 이 글을 누가 쓴 것인지 밝혀내기로 했다. 쉬는 시간에 밖에 나가는 척 교실 앞을 살짝 보았다. 그런데 놀랍게도 그런 글을 쓴 친구는 내가 5학년 때 거의 유일하게 친하게 지냈던 친구였다. 그걸 알게 된 순간 머릿속이 새하얘지는 그것 같았다. 거기에다 설상가상으로 선생님들마저 나에게 질타를 서슴지 않으셨다.

"전교 일 등이라더니 이것도 못 알아듣냐?"

체육 시간에 새로운 것을 배운 날 내가 선생님께 들은 말이었다. 그 놈의 별명! 진짜 누가 지은 걸까? 어떤 뜻으로 지었는지는 몰라도 내가 태어나서 가진 별명 수십 개 중 가장 기분 나쁜 별명인 것 같다.

그때 당장 학교를 그만두고 싶었다. 그렇지만 초등학교는 의무교육이니 어쩔 수 없다고 생각했다. 학교는 내가 안 가고 싶다고 안 갈 수 있는 곳이 아닌 줄만 알았다. 그러던 어느 날, 나는 밑져야 본전이라는 생각으로 엄마에게 불쑥 말했다.

"나 학교 안 가면 안 돼?"

그 말을 하고 잠깐은 후회가 들었다.

'아, 괜히 말했나? 혼만 나는 거 아니야?'

그런데 부모님께서는 1초의 망설임도 없이 바로 허락을 해 주셨다.

"안 가도 돼."

내 인생은 내가 살아야 하고 내가 학교에 안 가도 혼자 할 수 있을 거라고 믿으셨다고 한다. 그렇게 가기 싫던 학교였지만 막상 가지 말라고 하니 더 망설여 졌다. 혼자 모든 것을 할 생각을 하니 두려워졌기 때문이다. 허락을 해주신 이상 결정도 내가 해야 하고 그에 따른 책임도 내가 져야 한다는 것을 의미하니 더 걱정되었다.

그 당시에 나는 학교 오케스트라, 영재원 등에 얽매여 있었다. 무엇보다 혼자서 하는 공부로 학교 공부를 대신 할 자신이 없었다. 그리고 학교를 안 다니면 친구는 어떻게 사귈지, 다른 사람들이 이상하게 보지는 않을지 여러모로 걱정이 많았다. 그래서 홈스쿨링을 선불리 결정하지는 못했다.

그렇게 6학년이 되었고 나를 괴롭히던 친구는 전학을 갔다. 그리고 좋은 친구들, 선생님과 한 반이 된 덕분에 비록 코로나바이러스로 인해 정상적으로 학교생활을 하지는 못했지만 나름대로 재미있는 1년을 보냈다.

지난 3월에 나는 중학생이 될 뻔했다. 검정고시를 중1, 중2, 중3으로 나눠서 치는 것은 아니므로 홈스쿨링을 할 거면 빨리해서 어서 검정고시를 쳐버리는 게 낫겠다는 생각이 들었다. 하루라도 빨리 결정을 해야 했다. 중학교에 가면 학교 수업도 늦게 마치고 시험도 친다. 간다고 해도 코로나바이러스 때문에 정상적인 학교생활은 힘들 것 같았다. 결국 나는 홈스쿨링을 결정하게 되었다. 학교 배정 신청 원서가 나왔고 나는 공교롭게도 3지망으로 적은 학교에 배정받았다. 배정받은 학교의 교복을 사서 생활기록부에 기재할 증명사진을 찍고 학교에 가서 사진을 제출하고 몇 가지 안내장에 사인했다. 그리고 자퇴처리가 되는 날까지 한 달에 한 번 전화로 점검을 받고 있다.

물론 홈스쿨링을 함으로써 스트레스를 받는 점도 있다. 다른 친구들이 학교에 가 있을 시간에 밖에 나가면 사람들이 재는 왜 학교에 안 갔나 하는 이상한 눈초리로 쳐다본다. 친구들이 학교 이야기를 할 때 낄 수도 없고 소속이 없다 보니 마음을 붙일 데가 없다. 친구가 적어지기도 한다. 홈스쿨링 첫날 공부를 하고 나서 든 생각은 이것이다.

'내가 홈스쿨링을 왜 했지?'

공부를 목표로 홈스쿨링을 한다면 공부량도 학교에 다닐 때 보다 훨씬 많아진다. 가장 힘든 점은 홈스쿨링을 한다고 했을 때 주변 사람들의 반응이었다. 물론 대단하다고 좋게 봐주는 사람도 있지만, 대부분 사람들은 놀라면서 왜 홈스쿨링을 하게 되었는지 꼬치꼬치 물어본다.

"뭐, 진짜? 왜?"

"친구들은 안 보고 싶어?"

"공부는 어떻게 해?"

그리고 마지막 말은 항상 이 말로 장식된다….

"자퇴생들은 사회 부적응자라던데…."

홈스쿨링을 한다고 말하면 문제아, 비행청소년 등으로 생각하는 경우가 종종 있다. 아직 우리나라에서 자퇴에 대한 시선이 안 좋은 것은 사실이다. 그리고 사실상 홈스쿨링 많은 사람들이 가지고 있는 로망처럼 자유롭고 편안하지만은 않다. 그렇지만 자신의 꿈이 있는데도 불구하고 단지 사람들의 시선 때문에 학교를 계속 다니는 것은 구더기 무서워 장 못 담그는 격이라고 생각한다. 지금은 자퇴에 대한 시선도 예전보다는 많이 개선되고 있고 나비효과처럼 한 사람 한 사람의 변화가 사회의 변화, 더 나아가 나라의 변화, 세계의 변화까지도 끌어낼 수 있다.

내가 홈스쿨링을 시작하고 힘들 때는 있어도 후회했을 때는 없다. 그만큼 홈스쿨링은 단점 못지않게 많은 장점도 가지고 있다.

먼저, 자신의 삶을 주체적으로 자신이 계획하고 만들어나갈 수 있다. 홈스쿨링을 하게 되면 넘치는 게 시간이라 그 시간을 어떻게 사용할지는 자신이 정할 수 있다. 학교를 다니는 사람이라면 대부분 공부를 하느라 하루를 다 보내겠지만 학교에 다닌다면 꿈도 꿀 수 없는 신나는 일탈을 여러 번 경험할 수 있을 것이다. 나도 공부를 하다가 영화를 보고 여행을 가는 등

두 번째로, 학업을 빨리 마칠 수 있다. 학교에서 하는 공부가 시간낭비라고 생각하는 사람도 있을 것이다. 그런 경우에는 검정고시를 택해서 학업을 빨리 마칠 수 있다.

마지막으로, 홈스쿨링을 하면 진정한 공부를 할 수 있다고 생각한

다. 자신이 직접 친구를 찾아나서는 과정, 학교에 가지 않고 스스로 공부를 하는 과정, 학교라는 틀 밖에서 생활습관을 관리하는 과정. 이 모든 것들이 나에게는 가르침을 주었다. 알려주는 사람이 없으니 더 힘들고 어렵다. 때로는 다른 길로 빠져 시행착오를 겪기도 했다. 하지만 그런 실수를 통해 더 배우는 것이 많은 것 같다.

때로는 힘들었지만 나는 차근차근 홈스쿨링 생활에 적응해 나가고 있다. 검정고시 공부를 하고, 다양한 책도 읽으면서…. 요즘은 의학 책을 읽고 의학용어 공부를 하며 의사라는 꿈을 키워나가고 있다. 인터넷으로도 의학관련 영상 등을 즐겨본다. 언젠가는 관련 봉사활동도 해보고 싶다.

홈스쿨링을 하는 사람, 학교를 다니는 학생들 모두가 자신의 꿈을 위해 열심히 노력하는 중이다. 똑같이 생긴 사람이 없듯이 똑같은 인생을 사는 사람도 없는 법이다. 홈스쿨링을 결정하는 것이 흔하고 당연한 선택은 아니지만 그렇다고 해서 이상한 선택도 아니다. 다른 사람들과 조금은 다른 길을 선택하는 것 뿐이다. 어떤 길을 선택한 학생이든 눈치보지 않고 다닐 수 있는 날이 오면 좋겠다.

나는 지금도 학교 밖에서 꿈을 향해 한 걸음 한 걸음 걸어가는 중이다.

• 프로필

- 초등시절 할 수 있는 모든 경험에 도전했다. 항상 성공한 것은 아니다. 성공한 삶을 살기 위해서는 실패의 경험을 통해 내가 잘하는 것을 찾아야 된다고 생각한다.
- 현재 학교 밖의 더 큰 세상에서 내 꿈을 찾아가고 있는 14살이다.

아줌마 아니야

박 정 원

“헐! 새치가 왜 이리 많아졌지? 희끗희끗하네. 에잇, 누가 보겠어? 방역이나 더 신경 쓰고 나가자. 혹시 모르니 마스크 하나 더 챙기고, 아! 비닐 장갑도!”

지니가 거울을 보며 간만에 외출 준비를 하고 있다. 아직도 코로나가 기승을 부리고 있어 만반의 방역 준비도 철저히 했다.

“안녕하세요, 이지니고객님~ 어우 오랜만이시네요~ 더 어려지셨네! 자 갑니다! 안전벨트 하시고~”

택시 운전원이 택시에서 내려 지니에게 인사했다. 곧 차 트렁크 쪽을 열어 경사로를 펼쳤다. 지니는 경사로를 따라 올라탔고 이어 운전원이 안전벨트를 채웠다. 지니는 전동휠체어를 타는 장애인이다.

코로나가 터진 지난 1년간 예상치 못한 감염병의 습격으로 초반에는 당황, 불안, 공포, 우울감에 휩싸였다. 그러던 중 3년간 하고 있던 재택근무의 소중함을 깨닫게 되었고 각종 소모임과 만남을 줌 등 온라인으로 돌렸다.

‘달리는 홍길동’이라 불릴 정도로 외출과 여행을 좋아하는 지니는 작가 지망생이다. 집에 있는 시간이 늘어나면서 습작할 시간이 많았다. 이제 곧 작가로 데뷔할 날이 코앞에 다가왔다. 그간 썼던 원고를 출판사에 보냈는데 긍정적인 연락이 왔다. 콜택시를 타고 서울에 있는 출판사로 가는 길이 마냥 설레었다. 지니의 거주지는 경기도 양남시다.

양남시 콜택시를 타고 운전원과 지니는 자연스레 대화를 나눴다.

"도봉산역 환승센터 가시네요? 서울 차로 갈아타시나 봐요~"

"네, 오랜만에 서울에 볼일이 생겼어요~ 양남시 외 다른 지역들 환승없이 다이렉트로 갈 수 있으면 얼마나 좋을까요?"

"그러게요. 그나저나 오래전, 한 7년 전에 모셨던 거 같은데 어떻게 더 어려지신 것 같아요! 비결이 뭐예요?"

"그런가요? 감사합니다. 마스크를 써서 눈만 보여서 그런 거 아닐까요? 예전에는 어려 보인다는 말이 싫었는데 나이를 꽤 먹고 보니 최고의 칭찬인 거 같아요. 하하!!"

지니는 스물아홉이다. 이제껏 어려 보인다는 말을 꽤 들어왔다. 이런 말을 쭉 듣다 보니 자신도 모르게 '동안'이라는 자신감이 생기기도 했다. 최근 집에 머무르며 글 쓰는데에 집중하다 보니 생각이 많아진 탓인지 희끗희끗 새치가 많이 보였다. 내심 신경 쓰였던 참이라 운전원의 한 마디가 힘이 되었다.

'동안 이지니, 아직 살아 있네. 살아 있어!'

그렇게 시간 가는 줄 모르고 수다를 떨다 보니 목적지에 금방 도착했다. 원래대로라면 가는 도중에 미리 서울 콜택시 예약을 해놔야 대기 지연 없이 탈 수 있었다. 아니 타고 가는 중에 예약해도 기다림이 길어지는 상황이 대부분이었다. 지니가 주로 이용하는 서울 콜택시의 경우 보통 대기시간은 1시간이 기본이었다.

"대화하다 보니 차 예약을 못했네요~"

"아이고 근데 요즘 콜 금방 잡혀요. 오늘 이 차도 금방 배차됐잖아요. 코로나 때문에 고객님들 이용이 확! 줄었거든요! 서울도 그렇다던데."

지니에게 희망적인 말을 건넨 운전원은 차를 몰고 서서히 환승센터를 빠져나갔다. 운전원이 떠나고 예약을 하려고 서울시 장애인 콜택시 앱을 켜는 순간 한 통의 문자 메시지가 왔다.

서울 장애인 콜택시 운영처에서 안내드립니다. 최근 장애인 콜택시를 운영하는 일부 운전원의 코로나 19 확진으로 아래와 같이 조치하였으며 운전원 전체 검사 예정으로 운행차량이 축소운영되어 배차시간이 길어질 수 있습니다…….

지니는 아차 싶었다. 지하철이나 기차, 버스 같은 다중이용 대중교통만 조심할 게 아니라는 것을. 콜택시도 안전하지만은 않다는 것을 잊고 있었다. 고민하다 가방에 있던 위생장갑을 끼고 마스크를 하나 더 하고 마스크 주위를 꾹꾹 눌렀다. 깊게 심호흡을 한번 하고 비장하게 지하철을 타러 갔다. 승강장으로 가기 위한 엘리베이터를 이용하려고 대기했다.

'제발 사람 없어서 한 번에 탈 수 있기를!'

지니는 소망했다. 엘리베이터 안 사람이 꽉 찬 모습을 멀뚱히 보고 있기가 민망했다. 요즘 같은 시국에 사람 몰려 있는 것만 봐도 감염의 늪으로 빠져드는 것 같아 두려웠다. 엘리베이터가 오고 이내 문이 열렸다. 엘리베이터 안에는 초등학교 저학년, 유치원생으로 보이는 여자아이와 남자아이, 아이들의 엄마로 보이는 여자가 타 있었다.

지니가 타려고 하자 여자는 아이들을 양쪽 가장자리로 움직이게 했다. 다행이다 안도하며 고개를 숙이고 있을 때 아이들의 시선이 느껴졌다. 이내 여자아이의 목소리가 들렸다.

"엄마, 이 아줌마는 왜 비닐장갑을 꼈어? 마스크도 두 개하고 왜 그런 거야?"

여자아이는 엄마 뒤에서 속삭이듯 말했다. 지니는 아이의 입에서 나온 한 단어가 계속 울렸다. 자기도 모르게 고개를 들어 육성이 튀어나왔다.

"아줌마??"

지니의 음성에 여자도 놀랐는지 아이에게 답했다.

"아줌마 아니고 이모야, 이모~"

그 순간 여자아이의 동생인 남자아이가 아주 순수하게 말했다.

"흰머리 보이면 아줌마 아니야? 이모 머리에 흰머리 많아~"

프로필

- 2019년 문장 아고라 수강
- 전동휠체어를 타고 이곳저곳을 다니며 글감을 모으고 생각하다 글을 쓴다.
- 이런저런 기준으로 사람 간을 구분 짓지 않는, 모두가 함께 사는 세상을 꿈꾸며 글을 쓴다.

홍매화

박 인 숙

꼬부라진 인생길
흔들리면서도

가슴 속 꼭꼭 숨겨놓은
그리움 있어

살랑이는 봄바람에
젖가슴 열어

붉게 토해낸 밀어
화사한 웃음

밝은 햇살 아래
재잘거리네

늑대의 세레나데

나는야 늑대
올해도 어김없이
이 숲에 찾아온

봄
봄
봄

늑대라고 빠질 수는 없지
숲속에 울려 퍼지는
기쁨의 포효

오오, 그것은
늑대가 부르는 노래
사랑의 세레나데

와온의 봄

가고 싶어
네가 있는 그곳에

해가 저물도록
노을 바라보며

어스름
어둠이 내릴 때까지

그렇게
너와 함께 하고 싶어

Happy Tree

힘들고 어려운 이
내게로 와요

슬프고 외로운 이
내게로 와요

괴롭고 우울한 이
내게로 와요

여기 와서
잠시 쉬어요

내게 기대고
눈을 감아요

마음이
편안하고

가슴이
탁 트일 거예요

입가에
미소가 떠오를 거예요

이젠
행복해질 거예요

환상의 숲

살랑이는 바람
춤추는 나비

하늘하늘
꽃잎

미소짓는
하늘

숲 가득한
은총

– 시화 : 박인숙

프로필

- 도로시모바일아트연구원 원장
- 한국모바일아트협동조합 교육이사
- 한국문화예술가협회 모바일아트 분과장, 세계미술작가교류협회 회원
- 고려대세종평생교육원 ,충청남도평생교육원 모바일아트 강사
- 도서관, 경찰청, 복지관, 학교, 명륜대학 등 각 기관 다수 출강

꿈꾸는 스토리텔러

방 동 주(알리시아)

나의 이름은 알리시아 방동주. 난 이야기 축제를 기획하는 스토리텔러 교육자이다. " Storytelling" (스토리텔링)이란 단어는 최근 10년 동안 많은 광고나 영어 교육에 등장했다. 하지만 Storyteller (스토리텔러) 특히 "국제 스토리텔러" International Storyteller란 말은 많은 사람들에게 아주 생소하게 들릴 것이다. 오늘 나는 나의 이야기를 통해 스토리텔러에 관한 이야기를 나누어 보려고 한다.

2018년 제 1회 한국국제스토리텔링축제를 개최한 뒤 조금씩 스토리텔러란 직업에 대해 강연이나 이메일로 어떻게 국제 스토리텔러가 되었는지 사람들이 종종 내게 물어본다. 나의 스토리텔러 경력의 시작에 대해 얘기하자면, 사실 아이를 잘 키우고 싶었던 엄마로부터 시작되었다. 20년 전 난 아이 둘의 엄마로 아이들에게 책을 자주 읽어주곤 했었다. 그러다 영어를 가르쳐 주고 싶은 마음에 영어 그림책을 읽어주기 시작했고 그렇게 아이들을 통해 자연스럽게 그림책이 주는 영향력을 느끼며, 어느 순간 아이들에게 그림책을 읽어주는 시간은 나에게도 공부 시간이 되었다. 이렇게 남몰래 그림책을 공부하다 우연히 강사라는 기회가 나에게 왔을 때 내 자신을 믿고 도전했다. 지금도 열정과 도전이란 단어는 내 인생의 가장 큰 키워드이다.

처음 강사가 되었을 때를 회상하면, 영어로 그림책을 아이들에게 읽어주는 일은 나에게 세상에서 가장 즐거운 일이었다. 그림책 속 등장인물이 되어 연기하고, 아이들이 재밌게 영어를 배우는 모습은 나의 가슴 뛰게 했고 커다란 성취감을 주었다. 즐겁게 일을 하다 보니 내 수업은 아이들로 가득 찼고 정말 감사하게도 분당에서 인기 강사 반열에 오르게 됐다. 하지만 모든일이 그러하듯이 영어강사라는 일은 보는 것 만큼 쉬운 일은 아니었다. 날 찾아주는 아이들이 없으면 언제든지 반이 폐강될 수 있었기에 나는 더 좋은 수업을 위해 일주일을 끊임없이 연구하고 공부했다. 그래서 지금도 내 수업에 아이를 등록 시켜 이야기로 키우면서 함께 영어 공부하는 엄마들 모습을 보면 예전에 내 모습 떠오른다.

그렇게 어느덧 강사로서 10년 차가 넘어가면서 나는 학원의 제일 기수가 높은 선배가 되었다. 10년 동안 나는 끊임없이 공부하며 엄마들에게 만족도가 높은 시험 위주의 스토리텔링 수업을 만들었다. 물론 시험은 많아도 공부를 잘 가르친다는 소문이 나서 많은 아이들이 엄마 손에 이끌려 왔지만 더 이상 교실에서 아이들의 웃음소리는 들리지 않았고, 나도 행복하지 않았다.

난 뭔가 잘못된 길을 가고 있다는 생각이 들었다. '무엇이 문제일까?' 난 내 자신에게 스스로 되물었다. 어느새 내가 좋아하는 그림책이 영어 교재로 변해 있었고, 예전에 그림책을 즐거움으로 보던 눈과 달리 이제는 글을 잘게 잘게 자르고 문법을 찾고 있는 내 모습을 볼 수 있었다.

나는 다시 아이들에게 책이 가진 즐거움과 행복을 주고 싶었다. 그래서 내 마음 깊은 곳에서 동화를 써야겠다는 생각이 들었다. 내가 동화 작가가 되어 책을 읽어준다면 더 실감 나게 재미있게 읽어 줄 수 있을 것 같았다. 그래서 아침 시간을 이용해 집에서 가장 가까운 동화 쓰기 입문반에 등록을 하고 들어가게 되었다. 그런데 신기하게도 동화

쓰기 강의를 지도하시는 선생님의 성함이 왠지 내게 참 익숙하게 느껴졌다. 시간이 지나 알았지만, 선생님은 "내 친구 까까머리" 라는 책의 작가님이셨다.이 책이 나에게도 인상적이었던 이유는 내가 프랑스 여행을 떠났을 때 한국 그림책이 프랑스어로 번역된 것을 보고 신기해서 샀던 책 이었기 때문이다. 이는 마치 책이 맺어준 인연처럼 느껴져 나는 더 설레는 마음으로 수업에 임했다.

그러다 임정진 선생님은 내가 자기소개 시간에 왜 동화 수업에 들어오게 되었는지 듣고 나의 직업이 영어 강사란 사실을 알자 동화 쓰기보다는 국제 스토리텔러가 되어 보라고 말씀해 주셨다. 난 그때 국제 스토리텔러가 정확히 어떤 일을 하고 어떻게 될 수 있는지 몰랐지만 스토리텔러로 한국 그림책을 외국에 소개하고 싶다 라는 생각이 소명처럼 내 마음에 각인되었다. 하지만 그 당시 나에겐 문제가 있었다. 영어는 할 줄 알지만, 부끄럽게도 한국 옛 이야기나 한국 그림책에 대해서는 솔직히 잘 알지 못했다. 그때 감사하게도 선생님께서 작가 후배들을 위해 만든 작가와 그림책 읽는 아이 이벤트를 만들어 이태원에서 한 달에 한 번씩 책 읽어 주는 프로그램을 진행하신다고. 함께 할 수 있겠냐고 물으셨고 물론 난 영광스럽게 생각한다고 무조건 하겠다고 말을 했다.

당시 난 다시 공부하고 배운다는 마음가짐으로 선생님을 따라다니면서 한 달에 한 번 무료로 한글 그림책과 옛 이야기 그림책을 영어로 번역해 무대에 서기 시작했다. 이렇게 시작한 자원봉사 활동이라는 작은 씨앗이 결국 국제 스토리텔러가 되어 한국 이야기를 소개하는 발판이 되어주었다.

이렇게 봉사 활동을 하던 중 11월에 파주에서 열리는 스토리텔링 아시아 행사에 싱가포르 출신 스토리텔러 겸 작가인 Rosemarie

Somaiah (로즈마리 소마이어)가 온다고 하여 공연을 보러갔다. 그날이 하필 수업이 있는 토요일 이어서, 수업을 마치고 차를 끌고 분당에서 파주까지 가보니 로즈마리 선생님 공연은 끝났고, 태국에서 오신 Wajuppa Tossa (와쥬파 토사) 스토리텔러의 공연만 가까스로 볼 수 있었다. 그 스토리텔러는 돌아가신 우리 엄마를 연상시켰다. 사실 그 당시 엄마가 돌아가신 지 얼마 안 되어 엄마를 그리워하고 있었다. 그 분을 보자마자 나도 모르게 앞으로 나가 사진을 찍으면서 이야기를 주고받았다. 그때 내가 그분과 나눈 대화를 떠올려보면 "당신은 돌아가신 우리 엄마랑 얼굴 모습과 걸음걸이가 닮았네요. 좋은 이야기로 엄마를 떠올리게 해주시고 절 행복하게 해주셔서 감사합니다."라고 했던 기억이 난다.이후 내 명함을 건네고 사진을 다 함께 찍었는데 그 명함 속에 스토리텔러란 글귀를 보고 와쥬파 스토리텔러가 이렇게 물었다. "당신은 스토리텔러가 맞나요?" 난 영어로 "맞아요. 전 학원에서 스토리텔링을 가르치는 스토리텔러입니다."라고 했다.

그러자 와쥬파 토사 스토리텔러는 큰 미소를 지으면서 "난 아시아 국제 스토리텔링 축제 기획자입니다." "내년 1월에 태국 국제 스토리텔링 축제가 열리는데 당신을 한국 스토리텔러로 초청하고 싶군요. 올 수 있나요?" 난 순간적으로 나도 모르게 "그럼요 꼭 갈게요"라고 대답했다. 사실 난 그때까지도 국제 스토리텔링 축제를 본 적도 없고 들어본 적도 없어서 그분이 그렇게 큰일을 하시는 분이란 것도 모른체 예의상 대답하고 그날 밤 돌아와서 엄마와 닮은 분의 이야기를 일기에 적은 기억이 난다. 나도 모르게 이렇게 내 인생을 바꾸어줄 인연은 시작되고 있었다.

그 뒤 12월, 난 임정진 선생님으로부터 긴급한 전화 한 통을 받게 된다. "동주 씨 태국의 와쥬파 토사란 스토리텔러가 내 이메일로 한국의 방동주 스토리텔러를 찾는다는 연락이 왔어요. 자기가 한국 대표로 태국 국제 스토리텔링 축제에 참여하겠다고 약속을 했다고 하던데 사실인가요? 동주 씨 영문 이력서랑 고화질 사진을 보내달라네요, 그리고 영문 스토리텔링 원고 3장하고." 난 그 순간 머리를 망치로 크게 한 대 얻어맞은 기분이었다. 정말 나를 초대했다니…. "네 약속은 하긴 했어요. 하지만 전 한 번도 국제 축제에 나가 본 적이 없어요. 어떻게 하죠? 솔직히 말해서 전 영문 이력서도 없고요.. 작은 학원에 13년 동안 있었기에 고화질 사진도, 스토리텔링 원고도 없어요.." 그리고 짧은 고민 끝에 난 임정진 선생님께 이렇게 말했다. "선생님 전 준비 된 것이 없네요. 솔직히 말하고 못 가겠다고 해야겠어요." 바로 그 순간 전화기 너머로 몹시 화난 선생님 목소리가 들렸다. "그럼 맘대로 해. 동주 씨 겁쟁이네. 13년간 애들 앞에서 스토리텔러 선생님으로 가르쳤으면 그게 준비된 거지, 국제무대야 연습해서 나가면 되고 사진을 찍으면 되는 거고 영문 이력서는 만들면 되고 뭐가 문제야. 다른 사람이 아마 동주 씨가 안 가면 더 버벅거리고 가서 경험을 쌓아 국제 스토리텔러가 되면 동주 씨는 기분이 어떨 것 같아?"

그때 그 말을 듣고 난 다시 한번 내 상황보다는 내 자신을 믿어보기로 하고 도전하기로 했다. "갈게요. 제가 해 볼게요." 이렇게 난 2달 동안 이 모든 자료를 준비해서 태국으로 가게 되었다. 이것이 바로 내가 국제 스토리텔러로 외국 무대에 서게 된 결정적 계기다. 그 용기와 기회로 나는 한국의 전래 동화 "이야기 주머니"와 신윤복 단오풍정 속 춘향 이야기 그리고 김홍도 씨름도 속 양반의 모습에서 빨간 부채 파란 부채 옛이야기로 국제무대 스토리텔러로 아시아에 이야기 인형이란 별명을 얻게 되었고, 제 21회 이란 국제스토리텔링 축제에서는 최우수 국제스토리텔러 골든 메달을 수상하였다. 그리고 지금까지 스토리텔링 아시아 국내 행사 뿐 아니라 전 세계 국제 스토리텔링 축제에 한국 대표로 초대받아서 아시아와 유럽 그리고 미국 스토리텔링 무대에 서는 국제스토리텔러가 되었다.

이 모든 일은 지금 생각해도 운명처럼 한 영어 강사에게 생긴 마법과 같은 일 이었다.

그리고 내가 만난 모든 스토리텔러들의 가르침과 인연이 없었다면 국제 어린이 스토리텔링 학교(스토리스쿨)를 한국에 세우거나 한국에서 국제스토리텔링 축제를 기획하여 개최할 꿈도 꾸지 못했을 것이다.

난 여전히 경기도 분당에서 영어 스토리텔링 강사로 일을 하고 있으며 제 4회 한국국제스토리텔링축제를 준비하고 있다. 2021년 난 또 다른 도전인 전세계 어린이 스토리텔링 올림픽을 온라인으로 준비하고 있다.

나는 이 글을 읽고 있는 바로 당신도 스토리텔러라고 믿는다. 믿을지 안 믿을지 모르지만, 우리들 모두는 스토리텔러 태어났다. 생각해보라 세상에 자신의 이야기가 없는 사람은 한 명도 없을 것이다. 난 오늘 나의 이야기를 했다. 이제 당신의 이야기는 무엇인지 궁금하다. 힘든 시기를 우리들 모두 겪고 있다. 꿈이 사치라고 생각하시는 분도 있을 수 있을 것이다. 하지만 난 지금 어떤 모습이든지 자신을 믿고 큰 꿈을 꾸고 도전 하라고 말해주고 싶다. 내가 걸어가는 스토리텔링의 꿈은 혼자 꾸는 꿈이 아니다. 혼자 가는 길은 빨리 갈수 있지만 함께 꾸는 꿈은 더 멀리 갈수 있고 더 아름답다고 생각한다. 앞으로 더 많은 스토리텔러들이 자신의 길을 자신만의 스토리로 멋지게 걸어가기를 기대한다. 당신은 오늘 어떤 꿈을 꾸고 있는가? 그 꿈이 바로 여러분의 스토리이다.

꿈 꾸는 스토리텔러 알리시아 동주 dream

2021. 04. 20

The secret of joy in work is contained in one word
– excellence. To know how to do something well is to enjoy it.

Pearl S. Buck

프로필

- 한국열린사이버대학교 실용영어학과 스토리텔링 교수
- 스토리스쿨 대표
- 국제스토리텔링축제 기획자
- 21회 이란 국제스토리텔링축제 최우수 스토리텔러 금메달 수상
- 한국국제스토리텔러협회 설립

책 친구 할머니

방 연 주

"배우 같아요."

"간호사 아니면 의사?"

"선생님이요."

초등학교 6학년 진로 교육 시간, 수업에 앞서 나의 직업을 맞춰보라 하니 오늘도 역시나 간호사란 직업은 빠지지 않는다.

"선생님은 간호장교였어요. 간호장교는 간호사인 동시에 군인이예요. 국군사관학교를 졸업하고 20년 넘게 군 병원에서 근무했답니다. 작년에 전역해서 지금은 여러 개의 직업을 갖고 활동하고 있어요. 우리는 이런 사람을 N잡러라고 불러요. 책을 읽고 서평 쓰는 법을 가르치고, 간호학원에서 강의도 하며, '책 읽는 나라'를 만들기 위해 독서 운동을 펼치고 있답니다."

인생의 절반 이상을 군에서 보낸 내가 전역과 동시에 전공 분야를 초월해 다양한 분야에서 일할 수 있게 된 것은 2017년 여름 한 권의 책을 펼쳤기에 가능했다. 관점디자이너 박용후 작가의 〈나는 세상으로 출근한다〉를 읽고 저자의 강연을 들으며 가졌던 막연한 부러움이 이제는 나의 삶이 되어가고 있다. 이를 가능하게 한 건 그해 겨울 배우게 된 서평쓰기를 꾸준히 실천하고 독서로 동기 부여하며 내면의 목소리에 귀 기울여 왔기 때문이다.

"우리의 생각은 눈에 보이지 않아요. 그래서 말과 글이라는 날개를 달아줘야 해요. 오늘 선생님이 가르쳐주는 논리적으로 생각하고 표현하는 방법을 잘 기억하면 어떤 상황에서도 당황하지 않고 자신감 있게 여러분의 생각을 말할 수 있답니다."

'배우'로 봐준 학생에게 보답하듯 부끄러움은 잠시 잊고 메소드 연기로 책을 읽어주며 서평 수업을 진행한다. 학생들도 3색 볼펜을 딸각거리며 국민독서문화진흥회 김을호 교수가 개발한 서평 용지에 부지런히 글밥을 채워나간다.

"어! 선생님! 이렇게 쓰니까 글이 쉽게 써져요!"

맨 앞줄에 앉은 남학생의 흥분된 목소리가 교실을 채움과 동시에 내 마음속으로 스며든다.

4교시 연강을 마치고 성남 FM 라디오 방송 프로그램 기획을 위한 미팅에 참석했다. 5월부터 매주 금요일 밤 〈Book꿈(Dream)day!〉라는 프로그램을 편성을 받았기 때문이다. 진흥회 분당구지부장으로서 '책 읽는 성남', '성남 독서특별시'를 만들고 싶어 시작한 이 방송이 '나비효과'가 되어 전국 7개 라디오 공동체를 통해 전국으로 확대되길 소망한다. 온 가족이 책을 펼치는 금요일 밤 풍경은 상상만 해도 흐뭇하다.

회의를 마치고 서둘러 집에 와 노트북 앞에 앉는다. 지난주 레바논으로 해외파병 간 동명부대 25진 간부들을 대상으로 90분간 비대면 서평교육을 진행한다. 말이 90분이지 하나라도 더 전해주고 싶은 마음에 쉴 틈 없이 말하다 보면 물 한 모금 마실 여유조차 없다. 설령 있다 하더라도 배움의 일념으로 마스크와 이어폰을 착용하고 스마트폰 작은 화면에 의지해 강의에 집중하는 이들에게 미안해서 바로 옆에 놓인 텀블러를 잡지 못한다. 그럼에도 불구하고 간호장교 출신 군1호 서평전문강사로서 가장 보람을 느끼는 순간이다.

교육을 마치니 어느새 저녁 6시. 앞치마를 두르고 아이들 저녁을 허

둥지둥 준비한다. 불량 엄마의 어설픈 솜씨지만 배고팠는지 아들은 순식간에 밥 한 그릇 뚝딱 비우고 일어난다. 애교 많은 딸은 엄마가 해준 음식이 최고라며 엄지척을 해 보이며 피로를 풀어준다.

저녁 설거지는 잠시 미뤄두고 열 살 아들에게 책을 소리 내어 30분 정도 읽어준다. 최근 EBS에서 방영된 '당신의 문해력'을 시청하고 바쁘더라도 꼭 지키는 나와 아들의 약속이다. 언어의 유창성이 곧 독해력 향상의 전제조건인 만큼 새로운 단어는 뜻을 찾아보고 예시문 만들기 게임을 하며 어휘력을 키운다. 아들의 학급 밴드에 접속하여 책 읽기 인증을 남긴다.

'랭킹 1위.'

책 읽기 싫어하던 아들은 어느새 하루도 빠짐없이 책을 읽는 독서왕이 되었다.

"엄마, 오늘은 언제 잘 거야?"

"강의 준비하려면 두 시간 정도 걸릴 것 같은데."

"내 방에서 일하면 안 돼? 내 책상 깨끗이 다 치워놨는데…"

일할 시간을 확보하기 위해 어서 자라고 재촉하려던 순간 아들의 말에 눈물이 핑 돈다. 자녀는 부모의 뒷모습을 보고 자란다는 말이 있듯이 그저 부지런하고 성실하게 사는 모습을 보여주려 열심히 살았다. 이것이 최선이라 생각했다. 여유를 갖고 아이들 곁에 있어 주지 못했던 게 너무나 미안하고 부끄러웠다.

"그래. 엄마가 잠들 때까지 같이 있어 줄게. 사랑해 아들."

애써 눈물을 참으며 아들을 안심시키고 아들이 깨끗이 정리해 둔 책상 앞에 앉는다. 스탠드 불빛에 의존해 간호학 교재를 펼치고 내일 강의를 준비한다.

이렇게 힘들고 어려워도 난 배움의 길은 절대 포기할 수 없다. 자녀들은 곧 내 품을 떠나지만 배움은 나와 평생 함께할 친구이다. 오랜 시간 엄마의 삶을 지켜본 아이들은 엄마가 그랬듯이 자녀들 또한 배움이라는 친구를 받아들이고 소중히 여길 것이다. 두 아이를 키우며 시행착오를 무수히 겪었다. 그 시행착오를 조금이라도 줄이기 위해 나는 오늘도 책을 통해, 그리고 저자들을 직접 찾아가 멘토링 받으면서 엄마의 역할을 배우는 중이다. 책을 읽으라고 종용하는 엄마가 아닌 책 읽는 모습을 보여주는 엄마가 되기 위해 술, 담배 끊는 것보다 더 힘든 TV드라마도 끊었다.

나는 자녀의 꿈 크기는 엄마의 꿈 크기를 절대 벗어나지 못한다고 생각한다. 부모는 세상의 빠른 변화를 지혜롭게 받아들이며 자녀의 성장 속도만큼 함께 성장해야 한다. 나의 한계로 인해 아이들이 바라볼 세상, 펼칠 수 있는 꿈을 깨뜨리는 꼰대로 퇴화하고 싶지 않다. 끝없이 배움으로 유연함을 지켜나가며 소통하는 어른이 될 것이다. 그래서 아들, 딸이 성인이 되었을 때 나도 엄마처럼 살고 싶다고 이야기할 수 있는 자랑스러운 엄마가 되는 것이 나의 목표이다.

"할머니도 꿈이 있어요?"

"그럼, 할머니의 꿈은 너희들처럼 꿈이 많은 친구들의 책친구가 되는 거란다."

20여 년 뒤 손주들과 도서관으로 향하는 행복한 주말을 상상해 본다.

프로필

- 육군 간호장교 중령 전역
- (사)국민독서문화진흥회 기획국장&분당구지부장
- UD간호학원 전임강사
- 성남FM Book꿈(Dream)day PD & 방송작가
- The 드림 꿈의학교 운영자

익숙한 것과의 결별, 그리고 새로운 만남

안 선 형

사람이 살면서 거스를 수 없는 것이 몇 가지 있다. 그중 가장 강력한 건 자연법칙이다. 대표적으로 세월과 중력이 있다. 여태까지 세월을 이긴 사람을 본 적이 없다. 유사 이래 권력과 부를 거머쥔 이들이 죽음을 이겨보리라 발버둥 쳤지만, 모두 이 땅에 올 때처럼 빈손으로 돌아갔다. 또한, 스스로 공중부양하는 사람을 본 적도 없다. 수많은 과학자와 발명가들이 새처럼 창공을 마음껏 날아보려 했다. 하지만 자력으로는 절대로 날 수가 없었다. 비로소 과학과 기술의 힘을 의지하고서야 비로소 땅에서 발을 떼고 하늘을 날아다닐 수 있었다.

자연법칙 말고 거스르기가 어려운 게 하나 더 있다. 습관이다. 웬만해서 사람은 습관에서 벗어나기가 참 힘들다. 사람은 일상생활에서 습관의 지배를 받는다. 의식주 모든 생활 영역에서 몸에 익은 채로 행동하게 된다. 생존하기 위한 선택의 결과라고 볼 수 있다. 계절의 변화에 따라 옷을 입고, 입맛에 맞는 음식을 즐기며 안전하고 편안한 장소에서 사는 것을 추구한다. 문화인류학에서 말하는 문화 코드는 이러한 사소한 습관들이 모여 이루어진 공통점이라고 정의할 수 있다.

하지만 사람은 스스로 지나친 욕망을 조절하는 능력이 없어서 그런지 때로 외부의 압력이 모순된 문제를 정리해주는 경우가 많았다. 이제까지 일어난 자연재해가 그러했고, 역사에 큰 영향을 미친 전염병도 그러했다. 때로는 인간의 광기가 일으킨 세계대전 같은 전쟁이 그러한 역할을 한 일도 있었다. 이러한 외부의 힘들이 거시적으로는 인류, 국가, 사회에 미친 영향이 대단했지만, 개인에게는 치명적이기도 했다.

진로와 취업을 지도하는 코치로서 2020년 초 여러 가지 계획과 꿈에 부풀어 있었다. 홀로서기의 첫 번째 계획으로 번역 일을 하려고 1년 동안 시간, 돈, 노력을 투자했지만 별 성과가 없던 터였다. 2019년을 마감하면서 예전의 경험을 바탕으로 강의와 코칭의 영역을 확장하기 위해 목표를 세웠지만, 환경과 상황은 내 편이기를 거부했다. 미증유의 팬데믹으로 대면 모임이 일절 금지되었다. 예정되어 있던 강의가 취소되고 모든 일정이 불투명해졌다. 언론에서는 상황이 나아지는 보도보다는 지속해서 암울한 메시지만 흘러나와 내 마음을 더욱 위축시켰다. 그래도 희망의 끈을 놓지 않고 공지가 뜰 때마다 산학협력 교수 지원서를 보냈으나 지원한 대학들로부터 연락조차 없었다. 하루아침에 내가 하던 일이 갑자기 사라져버린 듯했다. 실낱같은 희망조차 보이지 않았다.

이런 와중에 시간은 무엇보다도 냉정했다. 기다림이 없는 게 제 할 일이라 그런지 그저 흘러가기만 했다. 언제쯤 상황이 회복될지 기약할 수 있는 게 아무것도 없었다. 아무 일도 못 하는 내 모습은 마치 죽음을 기다리는 중환자와 다를 게 없어 보였다. 돌파구가 필요했다. 이러다가 전염병 때문이 아니라, 마치 불길 속에서 연기 때문에 출구를 찾지 못해 숨이 막혀 죽을 것 같았다. 어떻게 하면 이 위기에서 벗어날 수 있을지 대안을 찾기 시작했다. 정보를 검색하고 새로운 것을 받아들이는 데는 나름대로 능력이 있다고 생각했지만, 뚜렷한 대안이 눈에 쉽게 띄지 않았다. 해결책을 찾기 위해 인터넷 여기저기를 돌아다니다가 '서울시50플러스'에서 운영하는 맥아더스쿨의 창직 과정을 발견했다. 예전에 읽은 《창직이 답이다》의 저자인 정은상 교장이 주관하는 교육이었다.

곧바로 창직 과정에 지원했지만, 팬데믹의 영향으로 일정이 무기한 연기되었다가 우여곡절 끝에 과정이 열렸다. 그때까지만 하더라도 꾸준하게 자기 계발을 해왔기 때문에 내 인생에 코치나 멘토가 필요하다고 생각해 본 적이 없었다. 단지 이 과정을 통해 그저 필요한 정보나 얻고 참고나 해야겠다는 생각으로 참여했다. 나름 성공적인 직장 생활을 통해 쌓아온 경력과 내공이 있는 걸 자랑스럽게 여겼기에 가벼운 마음으로 첫 시간 모임에 나갔다.

비슷한 연령대의 수강생 11명이 참석했다. 대부분 오랜 직장 생활을 마치고 제2의 인생을 준비하는 사람들이었다. 나름 범상치 않은 경력을 갖고 있었다. 맥아더스쿨 교장 선생님은 익히 책을 통해 보통 분이 아니라고 알고 있었지만, 직접 만나보니 평범한 캐릭터를 넘어서는 명불허전이었다. 나이와는 상관이 없이 고정관념을 뛰어넘는 열린 사고와 열정으로 에너지가 가득했다. 창직 코칭 분야에서 쌓은 내공의 전염력은 강력했다. 특히 신박한 정보와 자극이 필요했던 터라 매주 화요일마다 빠짐없이 참여하여 귀를 쫑긋하며 집중했다.

과정 중에 여행가, 성악가 등 독특한 캐릭터의 외부 강사를 직접 초청하기도 했고, IT 전문가를 초빙하여 원격으로 미니강연을 듣기도 했다. 내가 알지 못했던 다양한 분야에 전문가들이 많다는 사실에 놀랐다. 우물 안의 개구리가 따로 없었다. 이전의 생활 속에서는 접할 수 없었던 경험이었다. 내 사고가 유연해지는 것을 느꼈다. 그동안 머리로만 알고 있는 이론을 몸소 실천하는 뜻밖의 결과물을 얻기도 하였다. 그중 큰 변화를 가져다준 소득은 '들이대 정신'과 '인적 네트워크의 확장'이다. 지난 시절 후배들에게 '들이대 정신'을 지도했지만 정작 내 일에는 적용한 적이 거의 없다는 걸 알게 되었다. 사회생활을 하면서 훌륭한 선배를 몇 명 만나기는 했지만, 정작 내가 필요로 했던 코칭과 멘토링을 한 분은 정은상 선생님이 처음이었다.

경험해 보니 사람은 생존과 관련이 없으면 스스로 변화하기를 거부하는 것 같다. 해보지 않았다는 두려움 때문에 주저하게 된다. 방금까지도 익숙했던 것을 포기한다는 건 결코 쉬운 일이 아니다. 내가 그랬다. 거절에 대한 두려움으로 시도하기를 주저했다. 하지만 팬데믹이 지속하는 가운데 가만히 앉아 있으면 결론은 뻔했다. 굶어 죽기 딱 좋은 조건이었다. 팬데믹이 문제가 아니라 내가 아무것도 시도하지 않는 게 더 문제였다.

가장 먼저 시도한 것은 사람을 만나는 거였다. 정 교장 선생님은 교육 시간에 어떤 유명한 작가를 자주 언급했다. 장애라는 어려운 여건에도 불구하고 책을 300권 이상 낸 분이라고 했다. 그분이 누구인지 찾아보았다. 페이스북에서 친구 신청을 했다. 한번 만나보고 싶다는 생각에 페이스북에서 무작정 들이댔다. 그렇게 해서 고정욱 작가를 만났다. 작가님의 사무실로 찾아간 첫날, 2시간 30분 동안 쉴새 없이 강력하게 압도하는 그분의 포스에 놀랐다. 나름 나도 내공이 있다고 생각했던 것이 그저 보잘것없는 자존심에 불과했다는 걸 깨달았다. 좋은 옷을 입고 허우대가 크다고 생각했는데, 벌거벗은 채로 비틀거리며 거리를 헤매는 모양새 같았다. 그 와중에 작가님으로부터 두 가지 사실을 발견했고, 그걸 곧바로 생각과 행동으로 옮겼다.

첫째 목표와 목적의식을 분명히 했다. 지금까지야 직장 생활을 했기 때문에 조직이 세워놓은 경영 목표에 따라 시간과 노력을 배분해서 효율적으로 사용하는 데 익숙했다. 자기 주도적으로 일을 했지만, 일정한 조건에서 벗어날 수 없는 제한된 자율이었다. 반면에 1인기업으로 일하는 작가님은 남의 일을 하는 사람의 그것과는 확연히 달랐다. 과업에 대한 목표가 분명했고, 일하면 반드시 성과를 내야 한다는 생각이 확고했다. 내가 조직에 묻혀서 약간의 여유를 부려도 별 탈이 없다는 걸 경험했던 예전과는 사뭇 다른 분위기였다.

둘째, 철저한 프로의식이다. 노력에 대한 대가를 당당하게 요구해야 한다는 직업정신이다. 그렇다고 더불어 살아야 하는 세상에서 베풀지 말라는 의미는 아니었다. 가장으로서, 사회의 구성원으로서 책임과 의무를 다하는 데 필요한 프로의식을 의미하는 것이었다. 대화 가운데 두 가지의 핵심을 파악하게 되자 뭔가 뒤통수를 얻어맞은 느낌이었다. 동시에 내 눈을 가리고 있던 꺼풀이 벗겨지면서 그동안 내가 가지고 있던 고질적인 문제의 해답을 찾았다. 역시 이래서 사람을 만나야 한다는 생각이 더 간절해졌다. 이후 내게는 몇 가지 큰 변화가 찾아왔다.

먼저 새로운 사람들을 만났다. 오랜 시간 알고 지낸 사람들보다는 새로운 만남을 찾아다녔다. SNS상에서 친구를 맺고 기꺼이 시간을 내어 오프라인에서 만나기도 했다. 온라인에서만 보던 분의 출판기념회에 찾아가 인사를 나누고 짧은 대화 중에 무엇이든 배우려고 노력했다. 물론 그 자리에 참석한 다른 사람들과 명함을 주고받으며 네트워크를 넓히려고 했다. ZOOM을 통해 다양한 분야의 인사들과 얼굴을 익혔다. 서로 도움이 될 만한 내용을 교환하면서 친분을 쌓기도 하였다. 어느새 내가 머물고 있던 영역이 더 넓어지고 있었다.

게다가 '들이대 정신'으로 여기저기에 명함을 내밀었다. 곧바로 반응이 오지는 않았지만 '들이대 정신'의 핵심은 그저 들이대기만 하는 것이 아니라 꾸준함에 있다는 걸 알게 되었다. 연쇄 반응(chain reaction)처럼 하나의 고리가 또 따른 고리로 연결되는 일이 일어났다. 마치 홍해가 갈라지는 기적 같았다. 덕분에 하반기부터는 강의와 코칭이 조금씩 회복되기 시작했다. 내가 하는 일에 대한 외부의 관심도 꾸준하게 늘어나기 시작했다.

이전의 습관적이고 소모적이었던 인간관계는 비대면 시대의 트렌드에 맞춰 자연스럽게 정리가 됐다. 효율성 위주가 아닌 관계의 긍정적인 효과의 유무가 관건이었다. 비즈니스 측면에서는 가만히 앉아 누군가가 찾아오기를 기다리기보다 적극적으로 내 일을 알리고 상대방의 가치를 높이는 데 주력했다. 익숙했던 것과 결별하고 새로운 패턴을 만드는 게 절대 쉽지는 않았다. 하지만 내게 얼마의 시간이 주어졌는지 모르는 가운데 다시는 습관에 따라 흘러가는 인생을 살고 싶지 않았다. 또한, 소모적인 인간관계를 유지하는 것은 시간 낭비라는 생각이 들었다. 과감한 주변 정리가 없었다면 지금도 가로등조차 없는 어두운 밤길을 혼자서 걷고 있을 것이다.

모든 이에게 고통을 안겨준 시간이 어느덧 1년하고도 4개월이 되어 간다. 인생은 발생한 일에 어떻게 반응하는 것보다 어떻게 해석하는 게 중요하다고 생각한다. 긍정적이냐 부정적이냐, 적극적이냐 소극적이냐, 자기 주도적이냐, 의존적이냐에 따라 결과는 확연하게 달라질 수 있다. 그것도 엄청난 차이가 날 정도로 말이다. 아무리 익숙한 것이라도 과감하게 버릴 줄 알아야 새로운 것을 받아들일 수 있는 여유가 생기는 것이 당연한 이치라는 생각이 든다.

요즘도 변화가 두려워 주저하고 있는 점은 없는지 스스로 살펴본다. 외부 환경과 상황을 탓하기 전에 내면에서 먼저 조정해야 할 것이 있는지 되돌아보는 것이 중요하다. 생각하고, 생각을 바꾸어 행동에 옮겨야 비로소 변할 수 있다. 팬데믹이 내게 준 평범한 진리이다.

프로필

- 브레인튜닝연구소 대표(2017~현재)
- 진로 및 취업 지도
- 커뮤니케이터(생각, 글, 말)
- 〈2차전지 기본편〉 저자(필명 안재형)
- 제일모직, 삼성물산, 삼성SDI 재직(1991~2015)

2부

양현주
유은주
이계윤
이보라
임선경
임은정
임창덕
장소영
조미영
조봉현
조윤정
조은율
주영성
최유진
홍수정

벚꽃 대화 : 당신은 어떤 부모가 되고 싶은가요?

양현주

"언니야! 아버지 돌아가셨다."

다급한 여동생의 전화를 받은 것은 작년 7월. 여느 때처럼 엄마와 함께 집에 계시던 아버지가 갑자기 쓰러지셨고 병원으로 옮기던 중 119 구급차 안에서 숨이 멈췄다는 것이다. 연세는 있었지만 평소 비교적 건강하셨기에 이렇게 갑자기 세상을 떠나실 줄은 꿈에도 생각지 않았다. 대구에 사는 나는 남편과 서둘러 아버지가 계신 인천으로 차를 몰았다.

돌아가시기 한 달 전, 아버지와 통화하면서 당신의 전화 목소리에 급격하게 힘이 빠졌음을 감지하긴 했었다. 겨우 겨우 쥐어짜내는 힘으로 전화를 받는 느낌이었다. 아버지와의 통화를 끝낸 후, 친정 근처 사는 두 남동생들에게 전화해 아버지를 자주 찾아뵐 것을 종용했다. 동생들은 아버지를 뵙고 온 후 오히려 내게 유난을 떤다고 핀잔을 주었다. 특히 평소 아버지와 사이가 좋지 않은 장남인 첫째 동생은 아버지의 목소리가 크고 여전히 잔소리도 심하시니 누나 걱정일랑 붙들어 매라는 지청구까지 하였다. 그것이 불과 한 달도 안 된 시점이었는데 황망하기 그지없었다.

대구에서 인천까지는 장장 다섯 시간이 훨씬 넘게 걸렸다. 그런데 병원으로 가는 도중 동생에게서 다시 연락이 왔다.

"언니야! 아버지가 깨어나셨다."

응급실로 옮겨진 아버지에게 의료진들이 심장 충격 시술을 했고, 먼 길 가시던 아버지가 다시 우리에게로 돌아오신 것이었다. 아버지는 중환자실로 옮겨졌다. 내가 도착하니 초점 없는 눈에 가쁜 숨을 몰아쉬고 계셨다. 나는 아버지의 손을 잡고 귀에 대고 얘기했다.

"아버지! 그동안 고생 많으셨어요. 아버지! 참 잘 사셨어요. 아버지! 사랑해요!"

아버지가 내 얘기를 들으시는지는 알 수 없었다. 그러나 내 말이 끝나자 아버지의 눈에서 눈물이 흘러 내렸다. 아마 내 말을 듣고 계시는 게 분명했다. 여동생도 아버지께 울며 사랑한다 말씀드렸다. 잠시 후 아버지의 몸이 심하게 떨렸다. 나는 아버지가 너무 고통스럽지 않으셨으면 좋겠다는 생각을 했다. 장남인 큰 동생은 그런 아버지를 보고도 아무 말이 없었다. 아버지를 여전히 용서하지 못하는 듯했다.

아버지는 엄마를 비롯해 우리 네 남매를 다 만난 후 숨을 거두셨다. 나는 아버지가 우리와 작별인사를 나누기 위해 가던 길을 다시 돌아오셨다는 생각이 들었다. 내가 도착하기까지 다섯 시간 이상을 기다려주신 것이다. 큰 슬픔이 밀려왔지만, 한편으로 아버지께서 우리 모두에게 작별 인사를 남기셨고, 그것이 아버지가 우리에게 보내는 무한한 사랑임이 느껴졌다. 그렇게 생각하니 슬픔이 다소 위로가 되었다.

"누나야! 난 아버지가 돌아가셔도 슬플 것 같지 않다."

평소 첫째 동생은 내게 그렇게 말하곤 했다.

찢어지게 가난한 집 칠남매의 장남으로 태어난 내 아버지의 삶의 무게는 참으로 무거웠다.

시대가 달라지고 살림살이가 나아졌어도 장남인 내 동생의 삶도 아버지와 크게 다르지 않았던 것 같다. 그 애는 예술적 감각이 뛰어난 아이였다. 고등학교 무렵 헤어디자이너가 되겠다고 했다가 아버지께 크게 혼이 났다.

"사내자식이 어디 할 게 없어서..."

결국 아버지의 반대로 헤어디자이너의 길을 포기했고 돌고 돌아 패션디자인 계에서 머천다이저가 되었다. 고등학교시절 방황하다 보니 소위 좋은 대학을 나오지는 못했지만, 사회에서의 간극을 스스로의 노력으로 극복하고 업계의 주목을 한 몸에 받았다. 그러나 끝끝내 아버지는 아들의 노력도 패션계의 삶도 지지하지 않았다. 동생이 노력하면 할수록 부자지간은 점점 멀어져만 갔다. 아버지는 당신 생각과 다른 방향으로 가는 장남이 못마땅하셨던 것이다. 결국 아버지의 극심한 반대로 동생은 패션계 일을 접게 되었다. 그때부터 뒤늦은 방황이 시작되었다. 부자간 사이는 더 나빠졌고 의욕 꺾인 동생의 형편도 더 나빠졌다. 동생은 평생 두 개의 톱니바퀴 사이에서 괴로워했다. '장남'이라는 책임감과 '아버지의 기대에 부응해야 한다.'는 톱니바퀴 말이다. 장남이라는 피해의식의 족쇄가 삶을 늘 지배했다.

아버지의 죽음은 가족 모두에게 급작스런 충격이었다. 게다가 코로나 시국이라 모든 것이 어수선했다. 그러나 그 와중에도 많은 분들이 아버지가 가시는 길에 애도의 마음을 보내주셨다. 근조 화환이 너무 많이 들어와 장례지도사들이 적잖이 놀랐다. 그들은 동생들과 함께 화환의 국화꽃잎을 일일이 따서 아버지의 관 안을 장식해주었다. 수의를 입고 누워계신 아버지께 우리는 이 세상에서의 마지막 작별을 고했다. 얼굴도 손도 발도 만져드리고 마지막으로 온갖 꽃이 가득 장식된 관에 아버지를 모셨다. 이윽고 관 뚜껑이 닫혔고, 아버지가 숨을 거둘 당시에도 울지 않던 남동생이 관 위에 얼굴을 묻고 크게 흐느껴 울었다. 그때서야 마음에서 아버지에 대한 미움과 원망을 내려놓고 화해와 사랑으로 아버지를 잘 보내드릴 수 있게 된 것이다.

최근 코칭공부를 하며 KPC(Korea Professional Coach) 자격증을 취득했다. 실습 중 내가 만난 한 고객은 누가 봐도 성공한 사람이었다. 부모의 도움 없이 웨딩관련 사업에 성공해 실력과 명성 재력까지 쌓았다. 나는 이분께 여러 회기에 거쳐 코칭을 했다. 어느 날 그분이 내게 말했다.

"어제 아내와 심하게 다퉜어요."

"그러셨군요. 지금 마음이 어떠세요?"

"별 일 아닌 일로 처음엔 다퉜는데, 제가 엄청나게 아내에게 소리를 지르고 심하게 대했어요. 지나치게 민감하게 반응했다는 걸 깨닫고 아차 싶어 아내에게 사과했지만 아내 마음이 아직도 풀리지 않았어요."

난감해하는 그분에게 나는 '아내에게 미안한 감정과 화'라는 감정의 근원을 코칭대화로 찾아 들어가 보기를 시도했다. 한 시간 여의 코칭으로 드디어 그분께 통찰이 왔다. 자신이 불처럼 화낸 마음 한가운데는 '나는 상처받고 싶지 않아.'라는 마음'이 있음을 스스로 깨닫게 된 것이다. 여기에 더해 아내로부터 '자신의 존재가 거부당한 데 대한 분노'가 함께 도사리고 있음을 알게 되었다. 그분의 분노는 '자신의 존재가 거절되고 거부당함'에 대한 분노였던 것이다.

대체로 감정이 폭발할 때 사람들은 일정한 패턴을 반복하게 된다. 이분은 바로 자신이 감정의 패턴을 반복하고 있음을 코칭을 통해 깨닫게 되었다. 놀랍지 않은가? 코칭 질문을 통해 스스로에게 통찰이 일어나는 것! 이것이 바로 코칭대화의 놀라운 점이다.

이분은 어릴 적 둘째 아들로 자라 공부 잘하는 형과 항상 비교대상이 된 자신을 발견했다. 공부가 싫어 전문대를 갔지만, 뒤늦게 깨달은 바가 있어 열심히 노력해 유수의 대학에 편입하였다. 그러나 이분 귀에는 "와! 그 어려운 편입 시험에 합격하다니 넌 정말 대단하구나!" 라는 칭찬이나 다른 어떤 이의 축하의 말보다 "편입시험에 합격하면 뭘 해? 넌 영어를 못 하잖아." 라는 아버지의 말이 더 크게 마음의 상처로 남았다는 것이다. 학사를 마친 후 MBA를 취득했지만 그때도 자신을 인정해주지 않는 아버지의 어떤 모습에 좌절하는 자신을 발견했다. 그 이후의 삶도 '아버지에게 인정받고 싶은 화난 자신'이라는 패턴의 삶을 반복하고 있음을 코칭을 통해 깨닫게 되었다. 코칭이 막바지에 이를 즈음 나는 그분께 말했다.

"자! 저를 따라 말씀해보세요. 아버지!"

"아버지!"

"당신의 삶을 당신께 돌려드립니다. 그 삶은 제 삶이 아닙니다."

"당신의 삶을 당신께 돌려드립니다. 그 삶은 제 삶이 아닙니다."

일순의 침묵이 우릴 감쌌다. 그분이 울고 계셨다. 몇 십 년 묵은 마음의 응어리가 조금씩 깨지는 순간이었다.

코칭세션을 진행하다보면 이렇듯 뜻하지 않게 통찰과 자각, 그리고 함께 감동의 눈물을 흘리는 순간들을 종종 경험한다. 이것이 바로 진심의 순간이다. 최근 또 한 번의 코칭세션을 통해 감격을 맛본 적이 있다. 내가 다른 코치에게 질문했다.

"코치님! 지금껏 살아오신 삶을 색깔로 표현한다면 어떤 색일까요?"

이분은 '무지개 색'이라 대답했다. 그만큼 복잡다단한 삶을 사셨단 얘기로 들렸다. 이분은 청년 시절 돈을 벌기 위해 해외로 가 외인부대에 입대했고, 이후 프랑스에서 공부를 계속 한 걸로 알고 있다.

"그럼 코치님! 앞으로 살아갈 삶은 무슨 색으로 표현할 수 있을까요?"

"딥블루-프렌치 블루로 잘 익어가는 삶이요."

"딥블루란 어떤 의미인가요? 조금 더 자세히 설명해 주시겠어요?"

대답은 자신의 아이와 가족이 너무나 소중하기에 그들을 잘 지켜내기 위해 '깊이 있게 잘 무르익고 싶은 느낌'을 딥블루로 표현했다는 것이다.

나는 질문을 이어갔다.

"아이에게 어떤 아버지로 기억되고 싶으세요?"

그분은 엄지손가락을 치켜세우며 아이에게 인정받는 아버지라고 표현했다. '누가 뭐래도 우리 아버지는 인정'이라는 의미였다.

"저는 제 아버지를 몰라요. 이름은커녕 그 어떤 단서도 찾지 못했답니다. 훗날 제 아이가 저를 보고 "우리 아버지 인정!"이라고 말해주는 아버지가 되면 좋겠어요!"

나는 다시 질문을 했다.

"코치님! 이 '인정'의 느낌을 자연 경관으로 표현해 주시겠어요?"

그분은 잠시 생각하더니 경관보다는 자연물, 그중에서도 왕벚꽃나무가 떠오른다고 했다. 왕 벚꽃나무는 봄에는 화사한 벚꽃을, 여름엔 시원한 그늘을 만들어주고 가을엔 아름다운 단풍을, 겨울엔 겨울대로의 의연함을 보여준다는 것이다. 그래서 첫 아이가 태어났을 때 어렵게 왕벚꽃나무를 구해 시골 마당에 심었단다. 그리고 요즘도 가끔 아이와 이 나무를 보러 간다는 것이었다. 왕벚꽃나무는 아이와 추억을 쌓으며 함께 무럭무럭 자라고 있었다.

"먼 훗날 내가 세상에 없어도 아이는 왕벚꽃나무를 보고 둥치를 안으며 아버지와의 추억을 생생히 떠올리겠지요?"

그분은 담담한 어조로 말했다. 일순 울컥한 맘이 솟구쳐 나는 말을 이을 수 없었다. 그런데 그분의 다음 말에 나는 기어이 눈물을 터트리고야 말았다.

"양 코치님이 자연물을 떠올리라 하니 어릴 적 살았던 수녀원의 왕벚꽃나무가 갑자기 떠올랐어요. 전 부모님이 안 계셔서 수녀원에서 운영하는 고아원에서 컸거든요. 지난 봄 아주 오랜만에 그곳을 찾았답니다. 수녀원 입구 길 양 옆으로 늘어선 왕벚꽃나무가 멀리서도 한눈에 들어오는 거예요. 어린 벚꽃나무가 아름드리나무가 되어 꽃 터널 장관을 이룬 거지요. 가까이 다가가니 나뭇가지들이 바람에 살랑살랑 흔들리는데, 제게 이렇게 얘기하는 것 같았어요. 너 왜 이제야 왔니! 난 이곳에서 네가 오기를 쭉 기다리고 있었어."

나는 그만 코칭대화를 잇지 못하고 소리 내어 울어버렸다. 우는 나를 달래며 그분이 말씀하셨다.

"울지 마세요. 에너지 넘치는 양 코치님 모습을 보며 저도 기운을 얻곤 한답니다."

나는 애써 울음을 참으며 대답했다.

"저도 돌진하는 삶을 쳐내듯 살아냈어요."

"쳐내듯이?"

내 말을 되뇌던 그분도 갑자기 눈물을 보였다. 아마도 인생의 험난한 파도를 헤쳐 온 자신의 삶이 오버랩 된 듯했다. 태어날 때부터 결핍의 삶이 주어졌던 분! 하지만 자신의 상처를 자원으로, 삶의 파도를 무지개 색으로 바꾼 그분이 순간 너무나 빛나 보였다.

동생도 이분처럼 삶의 파도를 잘 극복하면 좋겠다. 무지개다리 건너간 아버지를 그리며 동생도 자신의 삶을 무지개 색으로 영롱하게 꾸미길 기도해본다.

프로필

- 경영학 박사 • 칼럼니스트
- 중소기업, 벤처기업의 네트워킹, 교육기획 지원활동.
- 교육컨설팅사, 한국인재개발원(주) 대표이사
- KPC 전문코치

드디어 갔다

유은주

대학 졸업 후부터 줄곧 일을 했다. 결혼과 출산을 하면서도 거의 쉬지 않았다. 그러던 어느 날 앞만 보며 살던 내게 체력적 한계와 과로가 겹치고 한순간에 삶의 무게가 감당키 어려워지는 순간이 찾아왔다. 2년 전 상상도 못 해 봤던 자발적 퇴직을 하게 되었다. 게다가 현재는 예상치 못한 삶을 살고 있다. 벌써 2년 차 미니 은퇴(짧은 은퇴)자로 살게 된 것이다.

'길면 일 년 정도 쉬고 다시 일하면 돼!'라고 생각 했지만 인생은 계획대로만 되지 않는 것. 코로나19로 일을 시작하는 것 자체가 불투명해졌다. 일을 중단한 것은 나였지만 일을 시작하지 못하게 된 건 자의적 선택이 아니다. '삶이 계획대로 되지 않는다는 것이 불행일지 천운일지는 지나고 나서야 알게 되는 일이겠지.' 짧게 은퇴하고 다시 현역을 꿈꾸며 유유자적하고 싶었던 나였지만 현실을 직면하는 기회가 되었다. 나는 늦깎이 엄마다. 중학생 두 딸이 등교도 못하고 화상수업을 하는 모습을 지켜보니 아이들이 어릴 때가 생각이 났다. '엄마 노릇도 제대로 못 했는데 지금이라도 하늘이 주신 기회로 삼아보자'

밥하고 빨래하고 맛난 간식 챙기면서 차츰 서툰 엄마의 때를 보내게 되었다. 직장은 그만두었고 일하기 힘든 현실을 통해 생각이 바뀌었다. 뜻하지 않은 삶은 '인생 보너스'가 되었다. 한마디로 계 탔다. 생각하기에 따라서는 짜증 나고 끝도 없는 집안일이지만 '무엇을'보다 '어떻게'를 생각하고 결과보다 과정을 해석하는 찐여유를 찾을 수 있었다.

지금을 잘 살기 위해 일하지 않는 것이 일보다 더 중요한 나의 전략. 먼 훗날이 지나고 이 시간과 지금의 선택이 최고의 선물이었다고 회상하고 싶다. 비록 몸이 아파서 운영하던 요양원을 그만둘 수밖에 없었지만 중학생 두 딸을 둔 엄마로서 요즘처럼 학교를 가지 못하고 원격수업을 하는 아이들을 돌볼 수 있는 이 시간이 짜 맞춘듯한 신의 한 수였다고. 인생은 계획대로 안 되는 거고 별 인생 없다는 말이다. 팬데믹으로 세상은 새로운 질서가 만들어지고 있다.내게도 인생 100세 시대를 내다보는 여유라는게 조금 생겼는지... 더 늦기 전에 했어야 했던 일들이 떠오르고 타임머신이라도 탄 듯, 잃어버린 분실물을 찾듯 하나씩 찾게 되었다.

'그동안 하고 싶어도 바빠서 못했던 것들을 해보자.' 버킷리스트를 만들었다. 그중 하나가 글쓰기였다. 퇴직하고 처음엔 무계획으로 하루를 보내거나 드라마 한편을 연이어 보며 16부작 분량을 3일간 몰아보기도 했다. 그렇게 소소한 행복이라 생각했던 일들도 한두 달이 지나니 시시해졌다. 이미 언제든 할 수 있는 일이라 생각하니 그랬다. 이런저런 나만의 놀이가 지루해질 무렵 찾은 즐거움이 글쓰기다. 현재의 삶을 기록으로 남겨두면 그 또한 훗날 보석상자를 열어보는 기쁨이 되지 않을까? 아님 '날마다 모노드라마 찍는 기분으로 사는 것도 나쁘지 않겠지?'라는 가벼운 생각에서 글쓰기를 시작했다.

첫 글은 SNS 시대에 관심만 가지고 있던 블로그에서 시작했다. 블로그에 글을 올리다 보니 글이 하나둘씩 쌓이면서 소비적이던 휴식에서 생산적 휴식의 기쁨을 알아갔다. 블로그는 이웃이라는 타인과 바로바로 댓글로 소통을 할 수도 있어서 글쓰기에도 즉각적이며 꾸준한 동기부여가 되었다. 글 속에는 '짧은 은퇴 평생 현역'이라는 의미로 미니은퇴의 시간 들이 펼쳐졌다. 삶의 단편과 자투리처럼 남겨진 기억들을 재편집

하고 열정 많던 시절의 아쉬움까지 담을 수 있었다. 답답한 마음은 한숨 대신 감사의 긴 호흡으로 정돈하는 변화도 만들어졌다. 언젠가 다시 일을 할 수 있겠지만 '난 지금 미니은퇴, 늦깍이 엄마의 때'를 잘 살기로 인생 설정 완료.

비로서 삶의 여운을 채 느끼지도 못하고 살아온 지난날들에 대해 따뜻한 미소를 보내게 되었다. '글을 쓰면서 몰랐던 스스로와의 만남도 기대하며...'

그런데 막상 글을 쓰다 보니 일할 때의 단점들이 나타났다. 마음속 바램과는 정반대로 왜 글쓰기마저 전투처럼 하게 되었는지... '아뿔사!' 일중독이었던 나는 지나친 집중과 몰입으로 글쓰기마저 중독처럼 빠져들었었다. '글쓰기 중독' 그 상황은 빨리 끝내야 한다는 강박으로 스스로를 몰아갔고 글쓰기를 통해 내가 가지고 싶었던 의미는 오간데 없이 사라졌다. 작년 5월 시작한 글쓰기로 전투에서 패한 패잔병과도 같았다. 시작할 땐 하루도 거르지 않고 몇 시간씩 글을 쓰면서 즐거웠었다. 행복했다. 그러나 즐거움의 끝은 도를 넘어 세 시간만 자면서 글을 쓰게 되었고 결국 건강을 해치게 되었다. 휴식이 필요함에도 끝나지 않는 일중독...

보슬비가 내리던 어느 날 아침, 이어폰을 귀에 꽂고 산책을 나가는데 왼쪽 귀에서 이상한 소리가 들렸다. 귀에 꽂은 이어폰에서 감전이 된 듯 찌릿하면서 '지지직'소리가 들렸다. 처음엔 이어폰이 고장인 줄 알았다. 왼쪽 귀만 안 들렸기 때문이다. '어? 이런! 왼쪽 이어폰이 망가졌네! 할 수 없지 오른쪽만 들어야지' 왼쪽 귀에서 들리는 이상한 소리를 무시하고 한 시간 동안 보슬비를 맞으며 운동을 끝내고 집에 돌아왔다. 차라리 비가 많이 왔으면 운동을 접었을 텐데 오락가락하는 비에 한 시간 동안 운동을 하고 집에 돌아오니 한쪽 귀가 윙 하고 울렸다.

'소리가 들리지 않아!'

왼쪽 귀에 소리가 전혀 안 들렸다. 괜찮아지리라 생각하며 하루를 기다렸는데 다음날은 아예 들리지가 않았다. 결국 병원에 가서 검사를 받았고 돌발성 난청이라는 청천벽력같은 진단을 받았다.

"네? 난청이요? 정상으로 돌아올 수 있는 확률이 높지 않다구요?"

'난청이라니!' 한쪽 귀로만 들리니 온통 신경이 예민해져 있는데 더욱 놀란 건 이어지는 의사의 말이었다.

"보통은 정상으로 돌아오기까지 6개월 이상 걸릴 수도 있으니 조급히 생각하지 마세요. 무리한 일이나 운동도 자제하고 최대한 안정을 유지해야 치료에 도움이 됩니다. 무리하지 마세요. 최악의 경우 청력이 아예 회복되지 않을 수도 있습니다."라고 했다.

충격이 온몸을 휘감았다. 글쓰기도 그만두고 절대적 안정을 취해야 했다. 의사의 말을 듣고부터 마음도 약해져서 오랜 시간 누워만 있었다. 무리하지 않아야 했고 절대안정과 스트레스 받지 않는 것이 치료방법이었다. '게다가 고용량 스테로이드 주사 요법까지...' 그때부터 치료에 온 정성을 다했다. 외출도 삼가고 그로 인해 한 달 동안 거의 누워만 있었다. 약물치료와 절대안정으로 돌발성 난청은 한 달 반 만에 기적적으로 완치가 되었다. 의사도 드문 경우인데 경과가 좋아서 정말 다행이라고 했다. 적어도 6개월 이상은 완전한 회복이 어려울 수도 있다고 했는데 청력이 회복되고 나니 글쓰기든 운동이든 스스로에게 '왜 이리 엄격하게 굴었을까...' 즐기면서 하는 글쓰기가 과몰입으로 생긴 문제를 직면했다. 그 후 일 중독인 나는 '무리하지 말자. 욕심내지 말자. 멈출 수 있어야 한다.'를 곱씹어야 했다.

일상생활의 균형을 찾기 힘들었던 나는 글쓰기를 통해서 균형을 맞추는 것이 얼마나 중요한지를 알게 되었다. 청력은 돌아왔으나 몸의 회복은 더디 왔다. 다리의 근육은 다 빠지고 체력이 극도로 약해졌다. 유일하게 무리가 안 되는 운동이 걷기과 스트레칭이었다. 동네 한 바퀴를 시작으로 10분, 20분 걷는 시간은 점차 늘어갔다. '돈을 잃으면 다시 돈을 벌면 된다. 그러나 건강을 잃으면 세상을 잃는다. 건강을 잃으면 모든 것이 소용없어진다.' 건강의 중요성을 알게된 교훈을 준 돌발성 난청은 인생에서 감사해야 할 것들이 얼마나 많은지 생각하게 했다. 다시 들을 수 있는 것과 다시 걸을 수 있는 것만으로도 부자가 된 것 같았다. 그때는 한쪽 귀를 막고 난청인 귀가 제대로 들리는지 몇번씩 확인을 하곤 했다. 공원의 새소리가 들리고 산책 나온 아이들의 소리, 나뭇잎이 흔들리는 소리까지 놓치지 않고 들으면서 다시 들을 수 있음에 하나님께 감사하게 되었다. 욕심을 내려놓는 마음, 소소한 행복을 놓치지 않는 마음, 나를 살피는 마음, 내면의 소리를 듣는 마음 이 모든 것들을 소중히 생각할 수 있었던 건 난청으로 유일하게 할 수 있었던 '걷기'에서 시작되었다.

'그래 일 중독으로 살게 된 건 헛된 욕심에서 시작되었을지도 몰라. 난 철저히 성과 위주였고 성공에만 매달려 있었던지도 몰라. 다 쓰지도 못할 만큼의 무의미한 돈에 대한 집착은 아니었을까?' 다시 들을 수 있다는 기쁨과 다시 걸을 수 있는 시간이 찐부자의 마음으로 나를 변화시켰다. 그렇게 '걷는 부자프로젝트'를 실천하며 나만의 '미니은퇴 인생 뉴노멀'을 만들게 되었다. 언제든지 멈출 수 있는 마음까지 더하며... 그냥 걷는 게 아니었고 '사색과 멍 때리기'를 오가며 어찌어찌 일 중독을 내려놓는 걷기, 한 걸음이 되었다. 적어도 걸을 때 만큼은 온전히 일과 분리할 수 있도록... '걷는다는 게 이렇게 큰 의미로 다가올 줄이야.' 혼돈의 인생이 After 미니은퇴, Before 걷기와 After '걷는 부자프로젝트'로, 풍요와 질서를 만드는 삶으로 나아가고 있었다.

휴식과 매일의 일상이 새로운 의미가 되니 작은 성공이 인생의 큰 목표와 큰 성공보다 더 값질 수 있음을 알았다. 체력이 회복되는 만큼 더 멀리 걸었고 몸은 반듯해지고 있었다. '이번엔 100일 걷는 부자 프로젝트를 해보자. 그러나 즐겁게!' 하루를 걷는 다는 것은 작은 목표지만 100일을 매일 걷는 것은 큰 목표가 되었다. 작은 성공에 자신감이 생기니 자연스럽게 큰 목표를 가졌다. 목표한 100일이 다가올수록 넘어야 할 고비들이 많아졌다. 멀리서 사는 친구 L은 집에서 걸어가다가 모서리에 부딪혀서 발가락 골절이 되어 나와 비슷한 신세였다. 멀리 사는 친구지만 서로에게 격려가 필요했다. 혼자 시작한 걷기였으나 어느새 친구와 둘이 걷는부자 프로젝트를 하게 되었다. 친구는 상동 호수공원에서 걸었고 나는 분당 율동공원을 걸었다. 그렇게 시작한 걷는 부자 100일 프로젝트가 얼마 전 100일을 맞이했다.

'와우, 드디어100일 성공!'

100일 동안 숱한 포기의 순간들이 떠오른다. 컨디션이 안 좋아서 찌뿌둥한 날들, 한파에 갑자기 영하 10도까지 내려간 날, 눈보라가 쳐서 앞도 잘 보이지 않던 날, 모두 걷기를 중단하고 싶은 유혹을 넘어야 했다. 다행히 고비를 넘길 수 있었던 건 친구와의 약속과 나 자신과의 약속이었다. 그리고 미션 클리어 우리에게 주는 상.

'100일 걷는부자 프로젝트 성공 여행'

"우리 호텔로 여행갈까?" 친구 L이 말했다.

"그래? 재밌겠다. 호캉스(호텔바캉스)좋지. 어디 좋은 곳 알아봤어?"

"응, 가까운데야. 네가 멀리 가고 싶으면 다른 곳 알아보구."

"아니야, 난 괜찮아. 그동안 걷기 하면서 힘들고 포기하고 싶었는데... 요즘 상황에서 멀리가는 것보다 가까운 곳에 다녀오는 것도 좋은 거 같

아. ”

“은주야. 내가 예약할게. 넌 그냥 몸만 오면 돼.”

‘호호’ 친구가 건넨 한 마디에 가벼운 마음으로 마음은 이미 송도로 가고 있었다.

‘걷는 부자 100일 프로젝트’를 무사히 끝마친 우리는 마냥 들뜬 아이들 같았다. 게다가 럭셔리 호텔에서의 1박을 생각하니 오랜만에 설레임까지. 여행지는 인천 송도의 S 호텔이었다.

매일 식구들을 위해 밥하고 빨래하는 일상에서 다른 사람이 해주는 맛있는 음식을 먹는 것만으로도 힐링이 되는 50대 아줌마인 나는 가족들에게 “엄마도 휴식이 필요해”라는 선포를 했다. 말은 이렇게 하면서도 난 왜 아직도 오랜만의 여행에 식구들 눈치를 보는 건지 모르겠다. ‘여행가 있는 동안 아이들은 밥을 잘 차려 먹을지 학교는 잘 갈지.. 신학기에 적응 해야 되는 시기 인지라...’

그런데 나 혼자 간 게 아니었다. 지금 생각해도 웃음이 나온다.

그렇게 벼르고 별러서 가는 여행이었는데 상황이 이상하게 돌아갔다.

여행가기 3일 전, 큰딸 윤지가 조용히 내 방을 노크했다.

“엄마, 있잖아요. 엄마가 여행을 간다고 하니까요. 저도 여행이 가고 싶어졌어요. 그래서 친구 채은이랑 얘기 했는데요... 채은이 엄마가 여행 가도 된다고 허락해 주셨대요.”

“뭣이라. 채은이 엄마가 이미 허락을 했으니 엄마가 허락을 안 하면 모양 빠지는 건가?.” 이미 보내주고 싶은 마음이 있으면서도 엄마의 허세를 좀 부려보았다.

사실 올해 중학교 3학년이 된 윤지는 1학년 때 왕따를 당하고 친구 사귀는 걸 힘들어했었다. 3학년이 되면서 친한 친구와 같은 반이 안 되어서 무척 의기소침해 있었다. 3월 신학기가 아슬아슬했던 상황에서 1학년 때부터 친구였던 다른 반 친구 채은이와 서로 의지하고 마음이 맞는 친구여서 걱정이 되던 차에 채은이랑 여행을 간다고 하니 내심 '다행이다'고 생각했다.

"그래? 그럼 엄마도 긍정적으로 생각해볼게. 단 조건이 있어."

"정말요? 정말 여행 보내 주시는 거에요?" 숨도 쉬지 않고 말을 하는 윤지.

"근데 엄마 제가요. 용돈이 별로 없거든요."

정말 순진한 내 딸이다. 내가 그렇게 키운 건지도 모르지만 귀엽기만 한 윤지, 여행을 보내주기로 했다. 그때부터 내 여행은 친구에게 맡기고 윤지의 여행을 구상했다.

친구가 했던 말을 떠 올리며... '그냥 몸만 오라고 했지'

윤지는 가고 싶은 곳을 찾았다. 여행지를 찾다 보니 전국을 다 돌아본 듯 했다. 처음엔 가족끼리 6년 동안 해마다 갔던 남해를 간다고 했다. '그곳이 얼마나 먼 곳인데...' 친구랑 기차를 타고 가겠다고 한다. 코로나에 염려도 되었고, 하루 여행이라는 시간적 한계를 생각하며 염려가 되었지만 일단 오랜만에 용기 낸 윤지가 실망하지 않도록 기차 편을 알아보았다. 윤지는 기차 여행이 생각보다 시간이 많이 걸리고 오고 가는 시간으로 장거리는 어렵다는 걸 이해하게 되었다. 그럼에도 포기할 생각을 안 했다. 그렇게 하루 코스로는 가고 싶은 통영, 부산, 강릉이 모두 불가능하다는 걸 이해시키는데 세 시간이 흘렀다. '무조건 멀리 가고 싶은 사춘기 소녀 마음을 이해 해야겠지...'

이때 갑자기 "가지 말까?" 윤지가 말했다.

'다시 원점이라니 3학년 학교생활을 즐겁게 보내라고 응원해주고 싶은 엄마 마음도 모르고...'

바다를 보고 싶다는 말에 가까운 바다가 어디 있나 떠올렸다. '남해? 멀고, 동해? 차편이 어렵고, 서해? 그래 서해!, 맞다 서해 바다!'

"아 맞다. 인천에 가면 월미도가 있어. 거긴 바닷가도 있고 갈매기도 있고, 요즘 어떨지는 모르지만 원래 유람선도 탈 수 있거든. 거기라면 하루에 다녀올 수도 있겠다."

윤지의 표정을 살피며 인천으로 가면 좋은 이유를 줄줄이 읊었다.

처음엔 윤지가 내게 부탁을 한 여행이었는데 윤지의 여행계획을 도와주다 보니 내가 더 열심이었다. 돌고 돌아서 윤지가 선택한 여행지는 결국 인천 월미도. 나의 호캉스 여행지인 송도와 같은 방향이었다. 날짜까지 같은 날로 겹쳤다.

동생 윤서는 올해 중학생이 되면서 예전과는 다른 모습이다. 언니가 가는 곳이라면 꼭 붙어 다니던 윤서였으나 이번 여행만큼은 달랐다.

"제가 왜 언니 친구랑 가는데 같이 가요? 저도 제 친구 만날건데요."

그렇게 갑작스런 동행이 된 윤지와 윤지 친구.

"그래 아침에 엄마가 월미도까지 데려다줄게."

나의 여행이라 말하고 싶지만 정확히는 윤지와 친구 채은이까지 함께 가게 되었다. 전혀 의도한 건 아니었지만 어차피 인천으로 여행을 가기에 윤지를 데려다 주는게 합리적 결정이라고 생각했다. 바닷가에 내려주고 곧바로 친구를 만나러 가려 했다. 그런데 아침 10시의 월미도는 썰렁하고 한적했다. 갈매기만 떼 지어 날아다니는 바닷가를 보니 아이들에게 조금이라도 좋은 추억을 남겨주고 싶은 마음이 들었다.

"엄마가 기념사진만 찍어주고 갈게. 남는 건 사진이지. 갈매기 정말 많다."

"네" 끄덕 끄덕하며 따라오는 사춘기 두 소녀.

인천 바다와 갈매기를 배경 삼아 사진을 찍어주었는데도 발길이 안 떨어졌다. '원래는 유원지라 놀이기구도 있고 재미있을 줄 알고 추천 했는데…' 윤지는 생각과 다르게 썰렁한 바다와 멈춰있는 놀이기구를 보더니 한마디 한다.

"엄마 이제 가도 되겠는데요."

"그럼 엄마가 다음 코스로 벽화마을까지만 데려다줄게. 예쁜 그림들 보러 가자." 또다시 길을 나섰다. 친구 L과 전화로 만날 시간을 정하고 점심 먹고 호텔에 들어가기로 했기에 아직도 시간은 충분했다. 하지만 그것이 불행의 시작이었다. 인천 송월동 벽화마을 둘러보고 아이들 점심 먹을 식당을 알아보려 바로 옆에 있는 차이나타운을 가서 보니 문 닫은 가게도 많았고 아이들만 두고 오기에 마땅히 먹을 곳이 보이지 않았다. '어쩌지 이 음산함은?'

"엄마 저희도 그냥 송도에 데려다주시면 안 되나요?"

"그래, 그렇게 하는 게 좋겠다. 아무래도 그쪽에 먹을 곳이 더 많을 거야."

때마침 친구 L의 전화가 왔다.

"아이들 데리고 차라리 송도로 올래? 와서 같이 밥 먹자."

'원래 계획은 월미도 앞바다까지 함께하는 일정인데…' L 또한 나처럼 아이들을 생각하는 마음이 고마웠다. L은 오랜만에 만난 윤지에게 다정하게 "이왕 여기까지 왔으니 너희들도 호텔 구경 갈래?" 라고 물어보고 있었다.

"네. 좋아요." 객실 구경을 가게 되었다.

든든하게 점심까지 먹고 호텔에 도착하니 아이들은 침대가 너무 푹신하고 좋다고 하며

"밥을 먹어서 그런지 잠이 와요."

"애들아 그럼 너희들이 여기서 쉬고 한 시간 후에 엄마가 들어 올게. 우리는 좀 걷고 올까?"

아이들은 그렇게 저녁 5시 반에 호텔에서 나갔다.
"얘들아 그래도 너희들 여행인데 저녁만이라도 너희들끼리 먹는 게 의미 있지 않겠니?"
저녁 먹으라고 돈을 쥐어주고 L의 차로 아이들을 리무진 버스 타는 곳까지 데려다 주었다.
드디어 아이들 태운 버스가 떠나자 비로소 친구와 나는 오붓하게 둘이 되었다.

드디어 갔다.
아이들은 드디어 갔고 우리들의 여행은 드디어 시작되었다.
"가까운 곳으로 여행을 오니 이런 일이 생겼네. 이해해줘서 고마워."
친구는 "웬걸 오랜만에 윤지 얼굴 보니 반갑기만 한데..."
엄마 노릇으로 편해진 마음과 친구의 배려 덕분에 아이들이 집에 가는 길까지 배웅할 수 있어서 고마웠다. 리무진 버스 정거장는 정해진 시간에 리무진이 도착했다.
"자리에 앉았네. 다행이다. 드디어 출발하네."
"그러게. 아이들 졸지 않을까? 중간에 시흥 하늘 휴게소에서 갈아타야 하는데."
"도착해서 문자 하라고 해"
"그래. 짧지만 기억에 남는 여행이 되었을 거 같아. 너도 애 썼어."
친구의 말에 나도 긴장도 풀렸다.
"드디어 우리들의 여행이다"
어느덧 시간은 저녁 7시가 다 되었다.
"우리의 여행은 저녁 식사부터 본격적으로!"
"그러게 본격적으로 놀아볼까?" 웃음이 피식 나왔다.

호텔에서의 저녁 식사와 조식 서비스를 받으면서 100일 동안의 걷기를 함께 성공 했다는 기쁨과 실패 할 뻔한 에피소드로 수다를 떠느라 늦도록 이야기꽃을 피웠다.

잊지 못할 여행... 계획과는 다른 여행일지라도 아이들과의 짧은 여행, 맛있는 음식, 미세 먼지 없는 맑은 하늘, 개운한 아침 산책까지... 완벽한 여행이었다.

걷는 부자 100일 프로젝트는 인천 송도의 센트럴파크 공원에서의 만보를 마지막으로 돌아가는 시간이 되었다.

"다음엔 또 뭘 걸고 100일을 채울까?" 친구가 말을 건냈다.

우리 둘은 다음 성공 선물을 고르며 새로운 시작을 계획하였다.

발걸음도 가볍게!

마음은 날아갈 듯!

새로운 100일.

드디어 시작이다.

프로필

- 세종대학교 교육대학원 유아교육학과 졸업
- 해아뜰 어린이집 대표, 음악학원 원장 역임
- 현 퍼스널브랜딩 큐레이터
- 1인대학 학장

사라진 유모차

이 계 윤

"어디로 갔지?"

나는 꼼짝달싹하지 못하고 교실에 앉아있었다.

소아마비로 양쪽다리에 힘이 없는 나는 어머니 등에 업혀서 초등학교에 입학했다. 봄 햇살이 밝게 쏟아지는 그 날은 나의 마음을 들뜨게 했다. 신경통으로 인해서 시큰거리는 무릎으로 고생하는 어머니 등은 그렇게 편한 것만은 아니었다. 그러나 등이 휠 정도로 무거워진 막내 아들을 업은 어머니의 발걸음은 가벼웠다.

그러나 며칠 가지 않아 어디에서 구해왔는지 유모차 한 대가 덩그러니 집 옆에 기대어 서 있었다. 유모차 손잡이는 녹이 슨 것 같기도 하고, 아이가 누워 있어야 할 받침대 천은 색이 바래 보였다.

"엄마 이게 뭐야?"

"이제 칠수는 유모차를 타고 학교에 갈꺼야!"

"그런데 유모가 무슨 말이야?"

"유모는…."

이렇게 해서 나는 엄마 등이 아니라 유모차에 몸을 싣고 초등학교를 다니기 시작했다.

엄마가 데려다 주기도 했고, 때로는 6학년인 누나가 나의 유모차를 밀어주기도 했다.

1960년대 당시 서울 도심에도 아스팔트나 콘크리이트로 포장된 도로는 쉽게 볼 수 없었다. 오히려 가끔 소나 말이 끄는 수레가 지나가는 풍경이 눈에 쉽게 띄었다. 길바닥에는 소들이 쏟아놓은 펑퍼짐한 배설물이 여기저기 흩뿌려져 있기도 했고, 말들이 배출한 똥글똥글한 배설물들이 지푸라기와 섞여서 이곳저곳을 뒹굴기도 했다. 나를 태운 유모차는 돌부리가 솟아난 흙 길위를 쌩쌩 달리며 퍼져버린 소똥과 떼굴떼굴 굴러다니는 말똥들을 요기조기 피해서 굴러다녀야 했다. 가끔 퉁퉁 튀어 오르는 유모차로 인해서 몸이 찌부둥했지만 학교로 가는 길은 항상 즐거웠었다.

4교시 수업이 끝난 어느 날. 나를 데리러 오신 엄마의 놀란 목소리가 교실 바깥에서 마치 천둥치는 소리와 같이 내 귓전에 들려왔다.

“여기에 놓여 있던 유모차 어디로 갔지?”

교실 바깥에 가지런히 세워둔 낡은 유모차가 행방을 감추어 버린 것이다. 교실 안 의자에 조용히 앉아 엄마를 기다리던 나는 “엄마! 엄마! 무슨 일이야?”라고 나지막한 소리로 읊조릴 뿐이었다.

엄마는 교실로 들어오셨다.
“칠수야! 유모차가 없어졌어! 없어졌어!”

엄마는 매우 당황한 표정이었다. 하얀 천으로 허리를 꽉 조이고 갸름한 허리를 휘 접은 한복은 봄바람에 자그맣게 흔들리고 있었다. 꽉 움켜잡은 어머니의 손도 같이 싸르륵 싸르륵 떨고 있었다. 나는 의자에 앉아서 꼼짝달싹 하지 못했다. 내 눈은 그저 우리 사정과는 상관없다는 듯이 창문 위로 흘러가는 구름만 멍하니 응시할 뿐이었다.

잠시 후 6학년인 누나가 헐레벌떡 뛰어왔다.

"유모차 어디 갔어? 누가 훔쳐갔어?"

이미 누나는 결론을 내렸다. 누군가 유모차를 탐내서 가져간 것으로. 결국 누군가 도적질을 한 것이고, 졸지에 우리는 피해자가 된 것이다. 그러나 6학년인 누나는 엄마와는 달랐다.

"엄마. 내가 찾아볼게. 찬찬히 살펴볼게."

누나는 아직 어린 초등학교 6학년 여자 어린이였다. 그런데 나의 눈에 비친 누나는 엄마 옆에 또 다른 엄마가 서 있는 것 같았다.

"그런데 유모차 찾을 동안 칠수는 어떻게 하지? 그냥 교실에 앉아있을 수 없잖아…."

그제야 나는 깨달았다.

"유모차가 문제가 아니구나. 문제는 나였네!"

사라진 유모차! 움직일 수 없는 나!

늘 그러했듯이 신경통으로 고생을 하는 엄마는 나에게 말했다.

"칠수야! 일단 업혀라!"

나는 엄마 등에 업혔다.

식은 땀이 촉촉이 흐르고 있는 엄마의 등은 따스했다.

얼마 만에 업힌 엄마 등이었는가?

유모차를 타면서부터 엄마의 등은 나에게서 멀어져 갔었다.

그런데 유모차를 잃어버린 오늘,

오랜만에 나는 엄마의 등에 업힌 것이다.

두 팔은 엄마 목을 꼭 끌어안고 힘없는 다리는 엄마의 강한 팔에 가지런히 얹혀있었다.

두리번, 두리번.

학교에서 집으로 가는 길은 좁고 구불거리는 골목으로 이어져 있었다.

나지막한 담으로 이어진 집들이 연이어 서 있었다.

나는 엄마 등에 업혀서 새로운 세상을 느끼고 있었다.

유모차에 앉아있었다면 전혀 볼 수 없었던 담 너머 보이는 광경은 전혀 낯선 모습이었다.

"엄마! 저 집은 마당이 넓어."

"엄마! 저 집 안에는 진달래가 피어있네."

"엄마! 저 집에 강아지 한 마리가 놀고 있네."

눈에 보이는 대로 나는 엄마에게 전해주고 있었다.

엄마는 내 이야기를 듣고 있었을까?

엄마는 매의 눈초리로 사방을 샅샅이 살펴보고 있었다.

나는 엄마가 내 이야기에 귀를 기울이고 있는지 상관없이 신나게 떠들고 있었다.

누나는 엄마 앞에서 뛰어가면서 뭐라고 조잘조잘 거렸다.
"엄마! 누가 칠수 유모차를 가지고 갔을까?"
"엄마! 유모차를 찾을 수 있을까?"
누나는 유모차를 찾기 위해서 사방을 둘러보고 있었다.
골목에는 허름한 문방구가 파리를 날리며 졸고 있었다.
가끔 나만큼 어린아이들이 부서진 돌멩이를 가지고 뛰어놀고 있었다.
하늘에는 하얀 구름이 떼를 지어 어디론가 달려가고 있었다.

이 때였다.

"엄마? 유모차. 유모차.. 저기 있어…저거 내꺼 같아.."
검은 기와와 깨어진 기와로 이어진 지붕 아래 기둥에 기대어 서 있는 유모차가 내 눈에 들어왔다.
엄마가 이 집 저 집을 두리번 두리번 살펴보는 사이에 등에 업힌 나는 담 너머에 있는 유모차를 보게 된 것이다.

"어디.. 어디… 진짜야?"
누나는 호들갑 떨면서 뛰었다.
"칠수야? 정말 보았니? 어느 집이야?"
엄마는 큰 소리로 외치는 나의 목소리에
깜짝 놀라 나에게 되물었다.

누나는 엄마 앞에서 조잘거리며 걸어가고
엄마 등에서 막내아들이 궁시렁 궁시렁 거리기에
어느 누구의 말에도 엄마는 귀를 기울일 수 없었을 텐데.

엄마는 "엄마 유모차 저기 있어"라는 내 말에
걸음의 방향을 확 바꾸면서 나에게 물었다.

나는 자신 있게 엄마에게 말했다.

"엄마! 바로 이집이야."

나는 손가락으로 파란색 대문을 가리켰고
엄마는 다람쥐 같은 잰 걸음으로 대문 앞에 다가갔다.
다행스럽게도 대문은 살짝 열려있었다.
열려진 틈 사이로 기둥 옆에 세워진 낡은 유모차가 서 있었다.
"계십니까?.. 계십니까?"
엄마는 "삐--꺽" 소리를 내는 대문을 열고 조심스럽게 발걸음을 안으로 옮겼다.

마침 집주인으로 보이는 아주머니가 마당에 서 있는 중학생 쯤 되어 보이는 남자아이에게 무엇이라고 말하고 있었다.
"누구세요?"

엄마는 나지막한 소리로 대답했다.
"우리 아이가 타는 유모차를 잃어버렸는데.. 여기에 있는 것을 보고

서…"

아주머니는 깜짝 놀라 한 걸음 뒤로 옮기면서 말했다.

"이 유모차 말입니까?"

순간 엄마 등에 업힌 나는 이런 생각을 했다.

"'무슨 소리예요 이 유모차 우리 꺼란 말이에요.'라고 그 아주머니가 말하면 어떻게 하지? 유모차에 우리 꺼라는 표시도 없는데."

그런데 아주머니의 표정은 매우 밝았고 목소리로 상냥했다.

"그렇군요. 마침 우리 아이가 어디에선가 이 유모차를 가지고 와서 어디에서 났느냐고 물어보는 중이예요."

엄마는 아주머니의 말을 들으면서 옆에 풀죽은 표정으로 서 있는 아이에게 물었다.

"이 유모차 어떻게 가지고 왔니? 다리에 힘이 없는 우리 아들이 타는 건데."

약간 겁을 먹은 듯 눈만 껌벅 껌벅 거리는 아이의 눈에는 눈물이 가득 고였다. 그리고 약간 더듬는 어조로 말을 했다.

"그냥 신기해서 가… 지…고 왔어요."

아주머니는 기꺼이 유모차를 내 주었다.

"네, 우리 아이가 잘못 했어요. 가지고 가세요."

어쩌면 큰 다툼이 일어날 수 있었던 상황이었다.

그러나 이러저러한 상상을 하기도 전에
유모차는 곧장 우리 손에 안겨졌다.

나는 다시 유모차에 몸을 실었다.
이제 하늘은 다시 맑아졌다.
태양도 우리를 보고 미소를 짓고 있었다.
조용히.

엄마는 말이 없었다.
유모차를 밀고 있는 손에는 힘이 들어가 있었다.

나는 이 유모차를 얼마나 더 오랫동안 탔었는지 기억나지 않는다.
그러나 당분간 이 유모차는 나의 뇌리를 떠나지 않았다.
수업이 끝날 때마다, 담임 선생님도 나에게 사인을 보냈다.
"잘 있어. 그 자리에."

어느 누군가의 장난스러운 행동에 의하여 어린 시절 나의 첫 번째 자가용은 잠깐 내 곁을 떠났다가 다시 돌아왔다. 다음 해인가? 나는 목발을 의지해서 혼자 힘으로 학교를 다니기 시작했다. 더 이상 유모차가 어디로 사라졌는지 알 수 없었다. 더 이상 유모차를 찾으려고 하지도 않았고, 다시 내 곁에 돌아오지 않았다.

마침 수업이 끝나는 종소리가 귓전을 때렸다.
나는 목발을 짚고 교실을 나섰다.
힘이 없는 두 다리는 여전히 갈 방향을 잃어버렸지만, 강한 두 팔에

잡힌 목발은 한 걸음 한 걸음 앞으로 나아가고 있었다.

세월이 한참 지난 나는 유모차가 아닌 휠체어를 타고 있다.

유모차를 잃어버렸던 그 날을 회상하면서.

프로필

- 숭실대학교 사회복지학과 대학원 수료(문학박사),
- 인천보라매아동센터 원장,
- 장애인복지선교협의회 회장,
- 전국장애아동보육제공기관협의회 고문,
- 인천 중구 지역사회복지협의회 회장.

사람은 끼리끼리 모인다

이 보 라

'땡땡땡!'

종소리가 울리더니 안전바가 내려왔다. 철로를 지나가던 자동차들이 서서히 정차하기 시작했다. 곧 그 주변 교통은 혼잡해졌다. 하지만 1-2분만 기다리면 된다. 이촌역을 통과하는 경의중앙선 열차는 금방 지나가기 때문이다. 이 루틴은 하루에도 몇번이나 반복된다. 그 누구도 불만을 표하는 일은 없었다. 항상 이러니 그저 그러려니 할 뿐.

이번 코로나19도 경의중앙선 열차처럼 후딱 지나가겠거니 싶었다. 돼지독감(H1N1)도, 사스(SARS)도, 메르스(MERS) 도 그랬듯이 말이다, 곧 지나가리라는 믿음 하에 대다수가 '잠시 멈춤'을 선택했다. 그러나 이 '잠시 멈춤(pause)'이 '중지(stop)'였다는 것을 눈치챈 사람은 당시에 많지 않아 보였다. 보이지 않는 괴물 때문에 많은 가게들이 문을 닫고, 사업을 정리했으며, 실직하기까지 말이다. 신촌의 한 거리는 '임대'라고 붙은 곳이 즐비했다. 5성급은 아니지만 그럭저럭 잘 나가던 호텔들도 결국 소유권을 넘기고 업종을 바꿔 오피스텔로 전환했다. 직장인도 일감이 사라져 책상 앞에서 허송세월 보낸다고 한다. 회사들이 힘들어지니 그들의 일감을 먹고 살던 프리랜서 역시 다들 손가락만 빠는 신세가 되었다.

모두가 먹고 살기 힘든 때에 나는 다소 다른 길을 선택해보았다. 프리랜서 캘리그라퍼로서의 길을 걸어보겠노라며 사업자 등록을 한 것이다. 국세청 홈페이지에서의 몇 번의 클릭 끝에 나는 '폴라캘리디자인'이라는 기업의 대표가 되었다. 소상공인이 되었지만, 코로나로 인해 피해 보기는 커녕, 오히려 매출이 증가한 바람에 지원금을 받지 못할 만큼 나름의 수익이 생겼다. 그리고 현재 매일 새벽 2시에 자고 아침 7시에 기상 해도 시간이 모자랄 만큼 바쁘게 일하고 있다.

물론, 처음에는 막막했다. 무엇을 어떻게 시작할 것인가는 가장 큰 난제였다. 다들 쉬어가자는 분위기 속에서 무자본에 인지도도 별로 없는 나에겐 선택지는 많지 않아보였다. 그러다 우연한 기회에 어려운 시국에도 아랑곳않고 새로운 것을 개척하며 나아가는 사람들도 만났다, K 작가를 비롯한 '줌 유격대'였다. 줌 유격대는 각자 본업이 있음에도 불구하고 '줌(zoom, 화상회의 어플리케이션)'을 이용하는 법을 사람들에게 발빠르게 알리며 새로운 사업을 펼쳐가고 있었다.

때마침 줌 캠프가 열린다고 하여 손을 도울 겸 나도 따라가 보았다. 그리고 내 눈은 바로 휘둥그래졌다. 코시국이라는 말이 믿겨지지 않을 만큼 정말 많은 사람들이 참가한 것이다. 철저한 방역수칙 아래 한 홀이 가득 채워졌다. 몇몇 참가자와 대화를 나누어보니 이들 역시 엄청난 에너지로 똘똘 뭉쳐 있었다. 줌을 배워 자신의 분야에 어떻게 적용하면 좋을지 다들 연구하고 있었다.

'대단한 에너지를 가지신 분들과 다닌다면 배울 것이 매우 많겠다!'

직감이 뇌리에 꽂혔다. 이 줌 캠프를 계기로 나는 줌 유격대를 부지런히 쫓아다녔다. 줌 캠프 뿐만 아니라 줌으로 중계할 때도 행사에 따라다니며 열심히 보조의 임무를 수행했다.

줌 유격대와 함께 하며, 줌 유격대가 가진 에너지는 단연 남들과 다르다는 것을 알게 되었다. 줌 유격대는 자리에 주저 앉아 신세한탄하는 것을 허락하지 않았다. 그러다보니 그 주위에도 자연스럽게 나아가고자 하는 사람들이 모였다. 새로이 책을 내고 싶은 사람들, 코로나라는 장벽을 넘어 비대면으로 행사를 진행해보려는 어르신 등, 같은 마음을 가진 사람들과 새로운 분야를 개척해나갔다. 그리고 기회는 또 다른 기회를 낳았다

나 역시 줌 유격대가 기획하는 행사들의 웹디자인을 도맡아 하게되며 다양한 사람을 만나게 되었다. 그리고 그 분들이 디자인을 필요로 하시면 만들어드렸다. 그러다보니 반 년 사이에 커피 브랜드 '메멘토 모리(momento mori)', 음식점 '오이시이 돈부리', 원격 수업을 할 수 있는 'RAT 스튜디오' 등 다양한 업체의 로고 디자인을 하고, 기업 및 단체 캘리그라피 비대면 출강을 가게 되었으며, 서울의 이곳 저곳에서 플리마켓도 열게 되었다. 그리고 이 모든 것들이 또 다른 모습의 기회가 되어 꼬리에 꼬리를 물고 돌아오고 있다. 그렇다. 줌 유격대와의 만남이 내게는 신의 한 수 였던 것이다.

만일 내가 '코로나가 잠잠할 때'만을 기다리며 아무것도 하지 않는 사람들만 만나고 다녔다면 어찌 되었을까? 지금처럼 바쁨속에 허우적거리면서도 콧노래를 부르는 일은 없었을 것이다. 어쩌면 아직까지도 커피만 홀짝이며 내려가지 않는 코로나 확진자 숫자를 한탄했을 지도 모른다. 그리고 궁극적으로, 어쩌면 나는 캘리그라피를 가르치고 작품을 만들며 한글의 심미성을 세상에 알리자는 나의 꿈에 한 발자국 더 가까이 나아가지 못했을 것이다.

코로나때문에 아무것도 못한다는 말만 하는 사람들이 아직도 주변에 많다. 그들은 그저 기회가 알아서 자신에게 와주기를 바라며 소극적인 자세로 일관한다. 지인 A는 미술 전시를 계획하고 있었지만 아직까지 선불리 실행에 옮기지 못하고 있다. 코로나 확진자 수가 200 밑으로 내려가면 진행하겠다고 한다. 그러다보니 함께 전시에 참여하려

던 몇몇 작가들도 매일 뉴스를 보며 그저 바이러스가 종식되기만을 기다리고 있다. 옆에서 지켜보자니 사실 답답할 노릇이다. 백신 보급이 늦어지고 있는데 언제까지 그 때를 기다려야 하겠는가? 기회는 스스로 만들어가는 것이지, 알아서 와주는 존재가 아니기 때문이다.

코로나로 인한 기나긴 쉼이 답답한 사람들에게 하고 싶은 말이 있다. 평소 만나던 사람들과 또 자리를 함께 해 신세한탄하는 것을 그만두라는 것이다. 전쟁통에도 애는 낳는다는 말이 있지 않는가. 상황이 각박해도 밝은 미래를 향해 도전하는 사람을 만나면 새로운 일은 자연스럽게 생기게 마련이다. 그것이 기회가 되고 앞으로 전진하는 힘이 되어줄 것이다.

땡땡땡! 이촌역 부근 건널목에서 울리는 종소리가 축배의 종소리가 되면 좋겠다. 그 날에 우리 모두 그토록 바라던 꿈을 이루어 만나자. 나 역시 세종대왕 다음으로 한글을 대표하는 사람이 될 수 있도록 부단히 노력하겠다.

프로필

- 폴라캘리디자인 대표 겸 캘리그라피 작가
- 음반 Jolly V [UNWRAP], 우찬양 [앞자리]등
  앨범 디자인 및 캘리그라피
- CGN TV [다소에서 로마까지] 타이틀 캘리그라피
- 도서 이승헌 〈자기헌신〉,
  김영석 〈사랑은 폭력보다 강하다〉 캘리그라피
- 슬기로운업사이클 전, 붓들다 전 외 전시 다수 참여

따뜻한 응원

임 선 경

저의 작업실 책상 위에는 제가 가장 아끼는 액자들이 있습니다. 그중 하나에는 두 아들이 어렸을 때 만들어 준 쿠폰이 들어있어요. 삐뚤삐뚤하게 자른 메모지에 꼬물거리는 손글씨가 쓰여 있습니다. 쿠폰에는 '엄마! 사랑해요' '엄마! 하루에 100곤 줄깨요'라고 적혀있습니다. 이 쿠폰은 항상 제게 달려와 안기던 작은 아들이 준 마음입니다. 또, '초인 안마 10분' '따스한 커피 두 잔 타줌'이라고 적힌 쿠폰도 있습니다. 이 쿠폰은 활기가 넘쳐 '에너자이저'라고 불리던 큰 아들이 준 마음이지요. 〈큰아들 8살, 작은아들 6살 때 엄마에게 준 선물〉이라고 기록되어 있는 액자는 오래되어 아이보리색으로 변했습니다. 큰아들은 대학원에서 공부하고 있고, 작은아들도 대학 졸업반이니 20년이 지난 정말 오래된 선물입니다. 저는 이 쿠폰을 쓰지 않고 간직하고 있습니다. 쿠폰을 사용하지 않아도 엄마를 생각해주는 아이들의 마음 덕분에 매일 큰 기쁨을 누릴 수 있었기 때문이지요. 20년간 아이들의 마음을 전해주던 꼬물거리는 손글씨 쿠폰은 철자법도 틀리고 값비싼 선물은 아니지만 지금도 여전히 저를 미소 짓게 합니다.

저를 미소 짓게 하는 액자가 더 있습니다. 책장에 놓여 있는 액자에는 제가 소중히 여기는 편지와 그림이 들어 있습니다. 50년도 더 지난

이 편지와 그림은 제게 오래된 이정표와 같은 것입니다. 제가 평생 그림을 그리며 살도록 만들어 주었으니까요. 한 액자에는 어린아이의 연필그림이 들어있습니다. 그림이라기보다는 동그란 얼굴과 두 눈, 작대기 모양의 코와 입이 전부인 삐뚤빼뚤한 낙서이지요. 그건 바로 제가 세 살 때 그린 그림이랍니다. 다른 액자에는 친할아버지의 손편지가 들어있습니다. 누렇게 변하고 모퉁이가 찢어진 오래된 편지지에는 이런 글이 쓰여 있습니다. "나의 귀여운 손녀 선경아! 두 살 때부터 네가 자라는 모습이 귀여워 할아버지와 할머니는 네 키를 재곤 했단다. 할아버지는 네 그림이 너무나 귀엽고 신기해서 하룻밤(1970년 10월 11일 9시 40분)에 그린 것을 간직했단다. 참 훌륭한 그림이다. 할아버지가 적적할 때 네 그림을 보면 마음이 좋단다. 아빠 엄마 말씀 잘 듣고 공부도 잘해서 나의 귀여운 손녀 선경이가 훌륭한 사람이 되길 할아버지는 바란다. 1974년 2월 16일." 세 살 꼬마의 어설픈 낙서를 훌륭한 그림이라고 좋아하셨던 할아버지의 격려 덕분에 저는 '내 그림이 누군가에게 기쁨과 위로가 되면 좋겠다'라는 마음을 갖게 되었습니다. 할아버지의 편지 덕분에 제가 평생 해야 할 일을 깨닫게 되었지요. 할아버지의 편지는 따뜻하게 제게 다가왔고 어설픈 그림을 귀하게 여겨주신 할아버지의 사랑이 저를 그림 그리는 사람으로 만들어주었습니다.

어린 아들들이 준 쿠폰과 할아버지의 편지를 보면서 제가 늘 미소 지을 수 있었던 것처럼, 사람들이 제 그림을 보고 미소 지으면 좋겠다는 마음으로 그림을 그립니다. 화려한 컬러와 테크닉이 있는 그림은 아니지만, 사람들의 소소한 삶 속에 보물 같은 일상을 따스하게 그려내고 있지요. 무심코 지나치던 작은 것에 숨겨진 마음을 설렘과 기쁨으로 찾아보고 보물을 찾을 때마다 글과 그림에 담아 사람들에게 소소한

위로와 희망의 이야기를 전하고 있습니다. 하지만 마음처럼 그림을 그리는 현실은 녹록치 않고 경제적으로 너무 어려워서 개인전은 엄두도 낼 수 없었던 시절이 있었습니다. 그러던 어느 날 학교 선배님께서 개인전을 하시며 제게 갤러리의 작은 공간을 허락해주셨어요. 저는 작은 엽서 크기의 그림 일곱 점을 나란히 붙여 전시했습니다. 그런데 우연히 그 그림을 본 한 갤러리 대표의 제안이 초대전으로 이어지고, 그림과 아트상품까지 판매하게 되었습니다. 또 일본 전시를 준비하던 후배에게 갑자기 일이 생겨서 제가 후배 대신 일본 전시의 기회를 얻어 다녀오기도 했지요. 외국인들에게까지 제 그림이 소개되기 시작했습니다. 제 힘으로 할 수 없었던 일들이 누군가의 응원을 통해 이루어졌습니다. 저는 그렇게 사람들의 마음과 만나기 시작했지요. 감사하게도 제 그림을 보시는 분들께서 “임 작가님 그림을 보고 있으면 행복해져요”라고 말씀해주셔서 힘을 내서 그림을 그릴 수 있었습니다. 응원에 힘입어 대학 졸업 후 30년간 "너를 만나 행복해"라는 주제로 개인전과 그룹전 등의 전시회를 가졌습니다. 글과 그림으로 창작 그림책을 출간하기도 하고 아트숍에 아트 상품을 만들어 판매하기도 했지요. 또한, 기업과의 콜라보 등 여러 영역의 작업을 하게 되었습니다. 저의 시작은 작고 어설펐지만, 귀히 여겨주시는 사람들의 마음들 덕분에 예쁜 열매들을 거둘 수 있게 되었지요. 이처럼 사람들의 응원과 격려의 마음만큼 아름답고 소중한 것은 없는 것 같습니다. 그 응원들 덕분에 저는 그림을 통해 마음을 전하며 소통하게 되었습니다.

제가 유방암 수술을 받았을 때 일입니다. 수술실에 들어가 보니 수술 범위가 넓어서 한 번에 하지 못하고 재수술을 받아야만 했습니다. 한쪽 가슴을 완전히 도려내는 수술과 복원 수술을 12시간 동안 받았지요. 결국, 배에 커다란 반원 모양의 수술 자국이 생겼습니다. 개복 부위를 크게 잡을 수밖에 없었던 이유를 설명하는 주치의 선생님께 제가 말했습니다. "반원 모양 자국은 평생 웃고 살라고 제 몸에 주신 빅 스마일(big smile)인가 봐요."라고 말입니다. 그렇게 12시간의 길고 힘든 유방암 재수술을 받고 나니 주치의 선생님이 정말 고마웠습니다. 저는 병실 침대에서 종이에 펜으로 드로잉을 시작했습니다. 몸에 수술한 칼자국과 주치의 선생님의 이름표를 그린 다음 짧은 글도 썼지요 '저는 책을 볼 때 중요한 문장에 중요하면 선을 그어 놓습니다. 주치의 선생님께서 제가 중요한 사람이라고 제 몸에 여러 선의 흔적을 남겨주셨네요. 감사합니다. 저도 주치의 선생님께서 유방암 환우들에게 매우 중요한 분이시라고 이름표에 밑줄 그어 드립니다.'라고 말입니다. 회진 오시는 주치의 선생님께 그림을 보여드렸더니 활짝 웃으셨습니다. 선물로 달라고 하시면서 그림을 가져가셨지요. 오랜 시간 그린 완벽한 그림은 아니었지만, 주치의 선생님의 연구실에서 지금도 한 자리를 차지하고 있습니다. 이렇듯 그림도 말도 화려하지 않아도 진심이 담긴 따뜻함이 있다면 서로에게 기쁨과 힘을 주는 것을 경험합니다.

저는 그림 작업을 할 때도 진심이 담기면 대중이 공감하는 경험을 하곤 합니다. 수년 전 저는 그림을 홍보하기 위해 이모티콘 시장의 문을 두드렸습니다. 갤러리에서 사람들을 만나는 것은 한계가 있으니, 이모티콘을 만들어 많은 사람을 만나면 좋겠다는 생각이었어요. 그런 생각으로 출시한 첫 이모티콘인 '너를 만나 행복해'는 기존의 정형화된 디지털의 그림과 달리 아날로그 느낌이 나서 좋다는 이야기를 들었습니다. 그리고 저의 성격에 맞게 착하고 공손하게 기획한 이모티콘인 '사랑하는 그대에게'는 출시 다음 날부터 이모티콘 시장에 2위로 등극하며 사람들에게 너무나 큰 사랑을 받아 대박 상품이 되었습니다. 덕분에 저는 이모티콘 인기작가로도 알려지게 되었습니다. 이모티콘 인기가 올라갈수록 저는 작업을 할 때 깔끔하고 완벽하게 하려고 마음에 들 때까지 밤새워 수정하곤 했어요. 더 좋은 결과물을 위해 여러 번 고치면서 말입니다. 그런데 그런 저를 보던 큰아들이 "엄마! 너무 힘들게 하지 말고 나처럼 대충 편하게 그려요"라며 순식간에 이모티콘을 낙서처럼 그렸습니다. 어이가 없어 웃음이 나왔지만 장난스러운 낙서를 휴대전화로 사진을 찍어두었습니다. 그리고 미팅을 할 때 클라이언트와 사람들에게 보여주었습니다. 그런데 모두들 너무 재미있어하더군요. 그래서 그림을 배운 적 없는 큰아들에게 이모티콘을 만들어보라고 했습니다. 큰아들은 잘 그린 그림은 빼고 못 그린 그림으로 고른 다음, 2초 만에 그려서 제제의 '발그림 이초티콘'이라고 이름을 지었습니다. 이것이 큰아들의 데뷔작이자 히트작이 되었지요. 삐뚤삐뚤한 선에 캐릭터의 팔다리 비율조차 맞지 않게 대충 그렸는데도 사람들의 반응이 뜨거웠습니다. 많은 사람이 캐릭터가 귀엽고 정이 가고, 불완전한 자신을 닮은 것 같다면서 크게 공감하며 좋아했어요. 그림을 배우지 못했다는 단점이 오히려 발그림이라는 장점이 되었습니다. 지금 큰아들은 그 수입으로 학비를 해결하고 대학원에서 영화방송학을 공부하며 이모티콘 작가로도 활동하고 있습니다. 큰아들의‘ 발그림 이초티콘’을 보며 완벽한 그림이 아니더라도 진정성이 담긴 그림이면 사람들의 마음을 움직인다는 사실을 또 한 번 확인하게 되었습니다.

완벽하지 않아도 얼마든지 마음을 전할 수 있습니다. 진정성이 담긴 작업은 사람들의 마음을 움직이지요. 노래 실력이 뛰어나지 않아도 감동을 주는 가수도 있고, 잘 그리진 못해도 마음에 와 닿는 작품을 그리는 화가도 있습니다. 조금 어설퍼도 마음을 전할 수만 있다면 그것으로 충분합니다. 화려하고 비싼 카네이션 꽃바구니가 아니라 어린아이가 손으로 만든 어설픈 종이 카네이션을 가슴에 자랑스럽게 달고 다니는 부모님의 미소를 보면 알 수 있듯이 말입니다. 아이들의 꼬물거리는 손글씨 쿠폰이 주는 행복이 제게 엄마의 길을 기쁨으로 걸어가게 하고 "참 훌륭한 그림이다. 할아버지가 적적할 때 네 그림을 보면 마음이 좋단다."라는 친할아버지의 편지가 제게 그림 작가의 이름표를 달아주었습니다. 그 말들은 제 마음과 삶의 속도를 달라지게 하고 뜨거운 열정이 담긴 마음과 발걸음으로 낯선 세상을 향해 행복한 발걸음이 될 수 있도록 하였습니다. 이처럼 함께할수록 누군가의 마음을 흔들어 움직이고 행복하게 하는 일은 값비싼 명품이 아니라 진심이 담긴 따스한 말 한 마디가 아닐까요? 직접 대면해 만날 수는 없어도 진심 어린 말 한마디와 마음을 담아 격려하는 다정한 글 한 줄, 그림 한 점이 누군가에게 행복한 발걸음을 이끌어 줄 거라고 믿습니다. 저는 오늘도 깃발을 흔들며 응원하는 그림을 그리며 당신에게 큰 목소리로 응원을 보냅니다. "참 소중한 당신을 뜨겁게 응원합니다."

프로필

- 스튜디오 〈너를 만나 행복해〉 대표이며 미술학 박사이다.
- 잠자는 동심을 깨우는 30년차 일러스트레이터이며 카카오 이모티콘 인기 작가이다. 글, 그림을 통해 누군가에게 말 건네고 손 내밀며 마음에 사랑과 기쁨의 색깔을 칠해준다.
- 홍익대학교 시각디자인과에서 드로잉을 강의하고 있다.

하고 싶은 거 하면서 살자 그랬지~

임 은 정

'하고 싶은 거 하면서 살자 그랬지~' 는 수년째 쓰고 있는 카톡 상태메시지다.

'살라 그랬지' 라는 명령조가 아닌, '살걸 그랬지' 라는 후회가 아닌, '살자 그랬지'는 나와 너에게 정중하게 권유하는 마음에서 나온 것이다.

더구나 '하고 싶은 거 하면서 살자 그랬지'를 두고 언젠가 친구가 '함께 해 줄 누군가가 있어 의지가 된다' 고 말했고, 카톡을 나누는 지인들도 종종 나의 상태메시지 덕분에 '하고 싶은 거 하면서 살고 싶어진다.'고 말해줘 스스로도 참 만족하는 말이 되었고 한번 씩 소리 내어 말해보면서 그렇게 살고 있는지 점검하는 시간을 갖기도 한다.

이 메시지 전에 나는 한동안 '간절히 원하면 이뤄진다'라는 말에 빠져 있었다.

살면서 간절히 원하는 일들이 너무 많았고, 할 수 있는 것은 최면을 걸듯이 적은 가능성을 붙잡고 간절히 매달리는 일이었다. 다행이도 간절히 바라던 일들은 마치 간절함이 그 어디에 닿기라도 한 듯이 이루어졌고, 그렇게 말의 힘을 얻게 된 후로 지금 나는 하고 싶은 거 하면서 살고 있다. 그런데 쉰일곱 인생 경험상 말의 힘은 저절로 생기는 것이 아니라 '각자의 삶속에서 터득되어 진다'는 생각이 든다.

말하는 대로 생각한 대로 다 이루어지지는 않는다 해도 적어도 살아온 시간 속에서 현재의 내 삶을 말해주는 여러 가지 단어들을 찾아 낼 수 있을 것이다. 내 경우에는 '지금, 용기, 배움'이 그것들이다.

'지금', 나는 제2의 전성기다.

쉰일곱! 오십대 후반의 나이가 무슨 전성기냐고 물을 수 있겠지만,

뭐든 할 수 있고 여유로운 지금이 나는 너무 좋다.

때문에 누군가 돌아가고 싶은 시절이 있느냐고 묻는다면 망설임 없이 나는 대답할 수 있다. '없다!' 고.

정확히 말하면 '지금과 바꾸고 싶은 시간이 아직은 없다'

적지 않은 나이가 너무 좋다고 말하는 이유는 경제적인 안정을 넘어서는 마음의 소리에서 비롯된다. 시간에 쫓기지도 않고, 마음이 넉넉해져서 좋다.

함께 할 수 있는 일이 한 두개씩 늘어나는 남편과 20대 후반의 딸과 아들이 제자리를 찾아가고 있음이 좋고. 아무것도 하지 않아도 누구도 나무라지 않으니 좋다. 마음먹은 대로 뭐든지 할 수 있는 지금이라서 좋다.

읽은 책보다 읽어야하는 책이 늘어나 탑처럼 쌓여도 책장을 넘기는 순간이 가까이 있음이 좋고, 좋아하는 노래를 무한 반복 해 들으면서 버스를 타는 것도 좋다.

새벽 3시 쯤 잠자리에 들어가는 일도, 단골이 된 카페에서 혼자서 먹는 샌드위치와 커피 한잔도, 다리가 아프도록 걷는 일도…

머리 질끈 묶고 운동화 접어신고 걸어가면 만날 수 있는 오랜 벗이 가까이 있는 것도, 강의 준비하면서 컴퓨터와 씨름하는 일도 행복하다.

나이를 먹으며 '언니'라 불리는 일이 늘어나는데도 부담이라기보다는 단순히 나이 많은 언니가 아니라 그동안 잘 살아온 것을 인정해주는 것 같아 고정욱 작가님이 '온 국민의 맏언니'라는 닉네임을 지어주셨을 때도 덥석 받아먹었다. 그래서인지 맏언니라 하면 마치 뭔가를 희생하고 양보해야 할 것 같고 부담이 가는 호칭이라지만 그 덕분에 맏언니로서의 면모를 갖추는 일이 생겼으니 오히려 좋은 일이다.

한창 공부할 때 보다 새벽녘 까지 깨어있는 시간이 많은 것도 갱년기 불면증이 아니라 무언가를 할 수 있는 시간이 늘어나서 좋고, 밤을 세고도 다음날 걱정이 되지 않는 지금이 너무너무 좋다.

한마디로 일상이, 매일이, 사람이, 좋은 지금을 살고 있다. 그러니 전성기라 할 수 밖에.

물론 지금의 시간이 저절로 얻어진 건 아니다. 누구보다 열심히 살아온 시간이 준 선물이라고 생각한다.

쉰이 넘어서야 알게 된 시간의 선물을 알아차리는 데는 용기가 필요했다,.

2018년, 잊고 있던 '용기'를 찾았다.

내가 용기라는 게 있는지 알게 된 것은 친구 딸 결혼식에 참석차 독일에 갔다가 혼자서 하게 된 3일간의 해외여행에서다.

사실 나는 '자기주장이 무척 강할 것 같다'고 보여 지는 외모와는 다르게 무언가를 강하게 주장하거나 의견을 피력하면서 살지 못했다.

하고 싶은 게 뭔지,

갖고 싶은 게 뭔지,

무엇을 하고 싶지 않은지

드러내 말하고 나면 후회될 거 같아 망설이다 '그냥 좋은 게 좋은 거지' 라며 스스로를 위로하고 넘어가곤 했다. 아이들에게 집중하면서 사는 동안은 물론 수많은 기도의 시간조차 나를 위한 기도는 뒷전이거나 빼먹는 일이 허다했다. 그저 열심히 살았다.

쉰이 될 때 까지 나는 그랬다.

그런 내게 뜻밖의 경험을 할 수 있는 시간이 찾아왔다. 해외에서 혼자 3일을 있어야 했던 일이다. 국내도 혼자서 여행 해 본 적 없는 데 해외여행을 혼자서 하다니~

출발 전 부터 두려움 투성이었다. 혼자만의 일정을 포기하고 결혼식만 참석하고 돌아올까도 생각했지만 기왕에 나선 길 용기를 내보기로 했다.

흔쾌히 허락해준 남편과 할 수 있다고 응원해주는 아이들의 격려, 그리고 언어가 안 되는 두려움도 상관없이 휴대폰 번역 앱에 의지한 채 비행기에 몸을 실었다.

다른 이들과 함께하는 꿈같은 일정을 마치고 혼자서 보낼 3일의 시간이 다가왔고, 용기 낸 덕분에 마치 계획되어진 것처럼 멋진 시간들을 경험할 수 있었다.

눈떠서 잠들 때 까지 24시간을 온전히 나에게 집중할 수 있었고,

혼자서 식당에 들어 갈 용기가 나지 않아 콜라와 피자 한 조각을 들고 야외에서 끼니를 해결해도 괜찮았다.

버스를 타면 너무 멀리 데려갈까 봐 작은 도시(독일의 마란쯔)를 반 바퀴 걸어서 발이 부르터 아파도 웃음이 새어 나오는 것을 숨길수가

없었다.

힘들게 찾아간 박물관의 문이 닫혔어도 짜증나지 않았고,

사진을 찍어달라고 할 수 없어 큰 바위 얼굴만 남은 셀카도 어찌나 예쁘던지 볼 때마다 그 시간들이 떠오르며 기분이 좋아진다.

행복한 일은 또 있었다. 좋아하는 브랜드에서 혼자 쇼핑하는 게 얼마나 즐거웠던지~

체격이 작지 않은 탓에 디자인보다 사이즈에 맞춰야했던 쇼핑이 아닌 맘에 드는 옷을 맘껏 입어 볼 수 있고 게다가 넘치는 사이즈들로 이것저것 입어보며 혼자만의 패션쇼도 해 볼 수 있었다. 맘에 드는 아이템을 건진 즐거움이란 설명이 필요 없을 정도였다. 물론 그때이후 한동안 경험하지 못했지만 …

좋아하는 커피를 들고 햇살 가득한 바닥에 앉아 한참을 멍 때리고 있던 시간도 그립다.

혼자만의 여행이 주는 두려움은 기차역에서 만난 벽안의 독일인 부부 덕분에 조금 더 사라졌다.

핸드폰을 꼭 쥐고 짧은 영어로 길을 묻는 내가 안타까워 보였는지 자기 일처럼 길을 가르쳐주고 행복한 여행을 빌어주었다. 돌아오는 기차에서 노부부를 다시 만났을 때는 반가운 마음에 덥석 손을 잡을 뻔했는데 나를 기억하며 '여행 즐거웠나?'며 물어주니 혼자 보낸 하루를 대견하다고 해주는 거 같았다

나름 현지인처럼 보낸 3일간의 여행은,

독일 행 비행기에서의 긴장대신 여유 있는 모습으로 인천 공항에 도착하게 했고, 이후 나에게 무엇이든 할 수 있으리라는 자신감을 주었다. 실제로 여행이후 만난 사람들에게서 '표정이 달라졌다' '무슨 일이

있었던 거냐?' 라는 말을 자주 들었고, 그때마다 나는 여행 경험담을 털어놓으며 가능하다면 혼자서 꼭 여행을 해볼 것을 권유하게 되었다.

특히 나와 같은 50대들에게 자신도 몰랐던 자기를 만나고 싶다면 용기 내 보라고.

여행 이후 내 삶의 태도에는 많은 변화가 있었지만 굳이 한 가지를 꼽으라면 '배우려는 태도'이다. 학창시절 배움의 욕구가 지금 같았다면 다른 결과가 있었을지 모르겠다는 생각이 들 때도 있지만 결과와 상관없이 지금 나는 기회가 되면 많은 것을 배우려고 노력한다.

가족을 위해 남편을 위해 아이들을 위해 때때로 큰마음이 먹어지면, 잘 모르지만 기도가 필요한 이들을 위해 하던 기도 속에 나를 포함시키는 '기도하기'부터 배웠다. 누구를 위한 무언가를 바라는 간절한 기도도 좋지만 나를 들여다보는 꾸준한 기도를 하면서 내가 무엇을 좋아하는지 싫어하는지 무엇을 아는지 무엇을 희망하는지 알게 되었고, '아무거나' 대신 음식이름을 말하고, '엄마는 괜찮아' 대신 '기분이 좋다, 나쁘다'를 말 할 수 있게 되었다,

다른 사람 챙기고 신경 쓰느라 갖고 싶은걸 놓치고 후회하는 일도 이제는 조금 덜 하게 되었다. '갖고 싶다'는 말을 하고 얻은 가방 하나가 그동안 잃었던 나를 찾은 것 같아 애지중지하게 된다.

말하는 것도 다시 배우고 있다.

최근에 좋아하는 사람들과 코칭 공부를 시작했는데 그 첫날 내가 얼마나 '충돌에 약한 사람'인지 알게 되었다. 누군가가 이해하고 알아주기 바라는 대신 제대로 표현하고 말 할 수 있어야 비로소 관계와 사람에 집중 할 수 있음을 배웠다. 제대로 말하고 나니 이렇게 쉬운 일을

그동안 왜 못하고 살았는지..

또 20년 전쯤에 잠깐 하다가 우선순위에서 밀린 골프를 다시 시작했다. 나이에 비해 소질도 있다하고 가르치는 걸 잘 받아들인다는 칭찬도 들으니 참 재미있다. 무엇보다 부부 공통 취미가 생겨 대화가 많아졌다.

이처럼 하고 싶은 걸 해 보고 나니 얼마나 좋던지~

캐리커쳐도 배웠고, 글도 써보고, 그림도 그려보고, 컴퓨터 활용도 배우고, 온라인 강의도 할 수 있고,

배우고 알게 되는 것이 하나둘씩 늘어나고, '서재드림' 이란 이름을 먼저 지어놓고 공간 만들기를 꿈꾸며 점점 행복해 지는 '나'에게 다시 말하고 싶다. 그리고 '너'에게도 간곡하게 말하고 싶다.

'하고 싶은 거 하면서 살자 그랬지~'

프로필

- 꿈닥터, 온 국민의 맏언니
- 유일 대표강사
- 엄마의 책 선물 성북 대표
- 자녀와 함께 동반성장을 꿈꾸며, 앞서가거나 끌고 가는 게 아니라 한 발짝 뒤에서 엉덩이를 밀어주는 부모들을 응원하고, 그 길이 되려고 합니다.

확실한 목표가 준비된 우연을 만든다

임 창 덕

삶은 속도가 아니라 방향이라고 했다. 우리가 나아갈 방향을 설정하지 않고 산다는 것은 망망대해에서 키 없이 배가 표류하는 것과 같고 실패를 계획하는 것과 같다. 우리의 인생은 우리의 생각에 의해 만들어지고, 우리의 생각이 곧 우리를 만든다. 살면서 의식적인 노력이 필요하다. 즉 방향이 있는 삶을 위해서는 목적의식이 있어야 한다. 필자는 평소 10가지 인생철학을 품고 살고 있는데, 그중에 몇 가지를 소개하고자 한다.

미래를 위해 끊임없이 공부하고, 자격증을 취득하고 정기적으로 책을 출판한다.

"현재의 내가 미래의 나를 위해 가입하는 것이 보험이다"라는 보험회사의 광고 카피 문구를 우연히 TV에서 봤다. 미래의 시점에 자신을 적확하게 드러내고, 사회에서 객관적인 위치를 증명하는 방법은 무엇일까 고민했다. 그래서 선택한 것이 공부, 자격증 취득, 도서 출판 등이었다.

지금은 코로나로 오프라인 강의가 많이 줄었지만 예전에는 무료로 진행하는 저자 강연회나 방송국 스튜디오 녹화 프로그램이 많았다. 특히 KBS 명견만리는 토요일 촬영이라 주말을 이용해 하나라도 배우고자 거의 참석했고, 명견만리 미래 참여단이라는 이름으로 김난도 교수에게 질문하는 기회를 얻기도 했다. 저자 강연은 인터넷 서점인 알라딘의 문화초대석이라는 블로그에서 신작이 발표되면 해당 작가가 책을 설명하는 자리가 마련되었는데, 카페 등에서 북 콘서트로 진행하여 많은 직장인들이 참여했다. 지금 생각하면 매주 수요일 저녁 7시, 압구정역 근처 안국빌딩에서 열리던 북 포럼(Book Forum)이 제일 기억에 남는다. 안타깝게도 지금은 진행되지 않는다. 직장은 늘 스트레스의 연속이다. 잠시나마 그것을 잊게 해준 것이 바로 북포럼이었다.

저자 강연회를 듣기 위해 다니던 지역이 홍대, 마포, 이태원 등이었다. 일이 끝나고 다들 집으로 돌아갈 시간에 마음에 맞는 사람들과 듣는 저녁 강의는 글을 쓰고, 세상 물정을 아는데 많은 도움을 주었다. 이런 학습에 대한 욕구로 석사, 박사까지 마칠 수 있었다. 이처럼 직장인과 학생의 합성어인 샐러던트(saladent)의 삶을 살아왔다. 배움을 멈추는 순간 늙어 간다는 말이 있다. 배움을 중단하지 않는 한 늙음은 멈춘다. 하루라도 젊고, 두뇌 회전이 빠를 때 자신의 미래를 위해 준비할 필요가 있다. 현재의 내가 미래의 나를 준비하는 시기는 바로 지금이다.

한편 자격증 취득은 꼭 필요한 일이라 생각한다. 의사 선생님이 입고 있는 옷 등은 그 사람의 권위를 상징한다. 이처럼 객관적으로 평가받는 방법은 지위나 권력 그리고 자격증이라 생각한다. 조금이라도 젊고, 머리가 녹슬지 않을 때 도전해야 한다. 그 많은 것이 쓸모없다고 할 수 있으나 어느 분야로 연결될지 모르기 때문에 준비는 평상시에 해 놔야 한다. 행운은 준비와 기회가 만나야 된다는 말도 있다.

한편 필자는 공저 2권, 단독으로 2권해서 총 4권을 출간했다. 직장에서 은퇴하기까지 4년이 남은 시점에서 앞으로 2권의 책을 더 출간할 수 있을 것으로 판단된다. 그러면서 남은 기간 생각을 정리하고자 한다. 글을 쓰는 것은 고통을 수반되는 과정이다. 책을 출간하기까지 정리하고 다듬는 시간이 더 걸린다. 하지만 완성된 책을 보면 그동안의 수고는 금방 잊힌다. 이 세상을 살았다는 흔적을 책으로 꼭 남기기를 바란다.

도시농부로서 농사를 짓는다

직장에 다니면서도 매주 수요일 오전은 휴가를 내서 도시농부학교를 다녔다. 그만큼 농업에 대한 관심이 높다. 도시농부가 되어 나중에는 전업으로 농사를 짓고, 그런 여건이 안 된다면 최소한 자급자족할 수 있게 농사 비법을 갖추고 싶었다. 더 나아가 밭작물 재배 방법을 익힌 다음에는 도시 양봉에 도전할 예정이다. 인구의 절반이 도시에 거주하고 농업이 주는 치유 기능 때문에 도시농업에 대한 관심이 높아지고 있다. 도시농업은 사회적으로 공동체 회복, 생산적 여가 활동과 심신의 치유기능을 한다. 환경적으로는 도심생태계 복원과 지구온난화 완화 기능도 하며, 경제적으로는 건강한 먹거리제공 등의 기능을 담당한다.

아파트가 많은 도심에서는 아파트 옥상 텃밭에서 농산물을 재배하고, 심지어는 도시 양봉으로 벌꿀을 생산하고 있다. 농업인으로 불리기 위해서는 법적으로 일정 기간 이상 농사에 종사해야 한다.현재 농업인은 전 국민의 5% 정도다. 소수의 농업인이 우리의 식량과 먹을거리를 책임지고 있다.

역사적으로 보면 농업 이전에는 수렵을 통해 생계를 유지했다. 농업을 하면서 정착생활이 유지됐고, 동물로부터 각종 질병이 옮겨지는 계기가 됐다. 메르스나 코로나 같은 바이러스는 모두 동물에서 전염되었다. 농업이 불평등을 낳았다는 주장이 있다. 식량 생산 수단을 소유한 사람과 소유하지 않은 사람들로 나뉘면서 계급이 생겼기 때문이다.

아이들을 위해 과일나무를 심는다

예전에는 4월 5일을 식목일이라 하고 공식적으로 쉬는 날이었다. 그러다가 2006년 폐지됐다. 요즘은 기온이 많이 올라 예전 4월 5일보다 앞당겨서 나무를 심고 있다. 식목일에 대한 기억을 갖고 있는 사람은 행복한 사람이다. 필자의 경우 초등학교 시절 심을 나무가 없어 산에서 잘 자라던 나무를 집에다 옮겨 심은 적이 있었다. 환경이 달라서인지 금세 시들어 마음이 아팠던 기억이 지금도 생생하다. 나무를 심을 때는 되도록 유실수를 심는다. 나무에 아이들 이름을 적은 이름표를 붙여주고, 작은 명명식을 갖기도 한다. 나무와 나란히 사진을 찍는 정도지만 그 의미는 남다르다. 시간이 흘러 내가 이 세상을 떠나더라도 아이들이 엄마, 아빠를 추억하고, 과일을 따면서 상념에 잠길 수 있기 때문이다.

나무를 심는 것은 그리움을 심는 것이라 생각한다. 산수유 꽃이 노랗게 필 때면 많은 사람들이 김종길 시인의 '성탄제' 시가 생각난다. "산수유 꽃이 필 때면 아버지가 눈을 헤치고 따오신 그 붉은 산수유 열매, 어느새 나도 그때의 아버지만큼 나이를 먹었다. 불현듯 아버지의 서느런 옷자락을 느끼는 것은 눈 속에 따오신 산수유 붉은 알알이 아직도 내 혈액 속에 녹아 흐르는 까닭일까"라며 자식에 대한 아버지의 사랑을 애틋하고 살갑게 노래했는데, 나중에 내 아이들도 나에 대한 그리움을 지금 심은 나무의 열매로 달래지 않을까 생각해 본다.

최근에는 노후 준비를 위해 작은 카페를 구입했다. 자전거길 옆 미니멀한 카페다. 예전에는 추억을 위해 나무를 심었다면, 앞으로는 조경을 위해 나무를 심으려 한다. 최근에는 카페에 어울리는 플랜테리어(플랜트와 인테리어의 합성어)에 관심을 갖기 시작했다. 에메랄드 그린이라는 측백나무를 심었다. 크리스마스트리로 많이 활용하는 나무로 세 그루 심었다.

매년 40센티 이상으로 크는 나무로 몇 년 뒤에 직접 카페를 운영할 때가 되면 분위기 있게 조명 등을 달고 장식품으로 멋진 크리스마스를 만들어 카페를 분위기 있게 만들고 싶다. 과실수에서 조경용으로 나무의 종류는 달라졌지만 보는 사람으로 하여금 감성을 자아내는 것은 매한가지라 판단한다.

아이들의 머리카락을 손수 깎아준다

필자는 직장 봉사단 단원으로 활동하면서 서대문 주민센터에서 머리를 깎는 이용 봉사를 정기적으로 했다. 노후 준비용으로, 봉사하는 것을 보람으로 생각했기 때문에 이용사 자격증을 취득했다. 하루는 종로구청장이 현장을 방문해 격려한 적도 있었다.

이런 머리 깎는 기술로 아이들의 머리를 깎아주곤 했다. 자녀들이 어릴 때는 순수히 머리를 내어주더니 나이가 들고 멋을 알게 되면서는 잘 응하지 않는다. 필자의 실력을 알아버린 것인지 피하기 일쑤다.

한편 이용사 자격증을 따는 과정을 생각하면 늘 입가에 미소를 머금게 된다. 지금은 마네킹으로 머리를 깎는 실기 시험을 치르지만 당시에는 직접 성인을 데리고 가서 실기를 보았다.그러다 보니 순진하게 시험장까지 따라갈 사람은 없었다. 궁리 끝에 PC방에서 자원자를 구했다. 당시 PC방에는 게임이 빠진 사람들이 많이 있었고, 돈이 궁한 사람이 많았다. 그래서 PC방에서 게임을 하는 사람 중 한 명을 모델료를 주고 데리고 갔다. 머리 형태인 두상이 별로 마음에 들지 않았고, 이발하기가 쉽지 않은 장발이었다.

실기 시험 당일 응시자가 데리고 온 모델을 무작위로 바꾸는 것이었다. 다행히 바뀐 모델은 전형적인 직장인의 모습이었다. 지금 생각하면 직장 상사와 부하 사이 아니면 아버지와 아들 사이같이 보였고 머리가 단정한 상태로 호감형이었다. 아마도 필자가 데리고 간 모델로 시험을 치른 분은 아마 떨어졌을 것으로 추측된다. 이처럼 행운은 준비된 자에게 우연히 오는 경우가 있다. 그래서 될 때까지 도전한다. 실패는 도전을 했기 때문에 일어나는 사건이다. 그러면서 배우고 다시 가다듬고 재기해서 또 도전한다. 이번 이용사 자격은 첫 번에, 그것도 높은 점수로 최종 합격을 했다.

콘셉트, 스토리, 의미를 삶의 진정한 목적이라 생각한다

콘셉트(concept)는 개념으로 해석된다. 개념 있는 삶, 이야기가 있는 삶, 의미를 만들어 내는 삶을 살고 싶다. 그냥 살기보다는 뭔가 기준을 만들어 살고 싶다. 그게 콘셉트이고 스토리고 의미라고 생각했다. 다양한 매력을 머금고 사는 사람으로 기억되고 싶은 것이다. 같은 일을 하더라도 의미 있는 일을 통해 보람을 느끼고 가치가 있는 삶을 선택하면서 살고자 한다. 최근 끝난 종합편성채널의 미스트롯 경연 프로그램에서 제주 출신 참여자가 극적으로 우승했다. 당초에는 탈락했으나 다른 합격자의 학교 폭력 논란으로 극적으로 경연에 참여하게 된다. 노래를 평가하는 마스터들의 점수를 포함해 2위에 놓였던 그녀는 대국민 투표에서 많은 지지를 받아 결국 진(眞)의 자리에 올랐다.

한마디로 넝마에서 공주가 된 신데렐라 같은 이야기다. 이러한 반전에는 누구나 어려운 사람이 성공하기를 바라고, 코로나로 힘든 국민들은 어려움을 딛고 일어나 우승하는 모습에서 대리만족을 느꼈을지도 모른다.

이러한 우승에는 본인의 노래 실력뿐만 아니라 탄탄한 스토리가 한몫했다. 인지과학자인 로저 생크는 인간은 선천적으로 논리를 이해하는 데 이상적이지 않고, 선천적으로 스토리를 이해하도록 만들어져 있다고 했다.

탈락에서 우승하는 과정과 아버지에게 신장을 이식했다는 이야기는 제주 댁 효녀 가수라는 별명을 부여했고, 투병 중인 아버지에게 노래하는 모습을 보여주기 위해 출연했다는 이야기는 입소문, 구전(口傳) 효과까지 일으키며 더욱 그녀를 부각시켰다.

요즘 사람들은 이야기를 소비한다. 이러한 것을 이야기란 뜻의 'Story'와 소비자라는 뜻의 'Consumer'의 합성어로 스토리슈머(Storysumer)라고 한다. 사람들은 감동적인 이야기가 있는 제품에 마음을 주고 해당 제품을 구매한다. 인간은 합리적인 동시에 감성을 갖고 있는 존재이기 때문이다. 이번 미스트롯 우승자는 의도하지 않았겠지만 탄탄한 스토리를 기반으로 우승할 수 있었다.

한편, 하버드대 심리학과 로버트 로젠탈 교수는 초등학교 20%를 무작위로 뽑아 교사에게는 지능이 높은 학생들이라고 소개했다. 이들 학생들은 8개월 후 다른 학생들보다 평균 점수가 높았는데, 교사의 기대와 격려가 이러한 결과를 낳았다.

일명 로젠탈 효과(Rosenthal Effect)다. 또 다른 실험이 있다. 초등학교 교사 제인 엘리엇은 자기 반 아이들한테 유전적으로 파란 눈이 갈색 눈보다 지능이 높다고 말해줬다. 그랬더니 파란 눈의 아이들이 수학이나 철자 쓰기 등 점수가 높아졌다. 이후 제인 엘리엇은 본인이 잘못 알았으며, 사실 갈색 눈을 가진 사람들이 더 지능이 높다고 말하자 파란 눈의 아이들의 성적이 떨어졌다. 기대가 결과에 영향을 미친 것이다.

이번 미스트롯 1등인 진(眞)은 국악 대회 우승 등 신이 내린 목소리를 지녔다고 예전부터 인정받았다. 그러나 이번 우승 기대자는 오히려 2등인 선(善)이 된 사람이었다. 노래를 평가하는 마스터들도 선(善)에게 점수를 더 줬다. 타인이나 자신의 성취에 대해 갖는 기대가 성취에 미치는 영향은 앞서 실험에서 알아봤다. 앞으로 성공하는 가수가 되기를 바라면서 또 다른 기대를 품게 된다. 바로 국민들의 기대가 그녀의 노래 실력을 어떻게 한 단계 도약시킬 것인지에 대해서다.

언론에 꾸준히 기고하고, 책을 출간하며, 꾸준히 자격증을 취득한다

2012년부터 동아일보 기고를 시작으로 매년 10회에서 20회까지 기고한다. 기고를 한 계기는 직장 옆 동료가 정기 기고를 하는 것을 우연히 알게 됐다. 그럼 나도 한 번 해봐! 라는 도전의식이 생겼다. 선물의 심리학이라는 제목으로 동아일보에 기고를 했다. 선물의 심리학은 당시 근무하던 부서의 부장이 회사 예산으로 선물을 사서 돌리는 의도가 다분히 이타적인 이기주의 즉 경쟁적 이타주의에 입각한 행동을 많이 해서 느낀 점을 기고로 적은 것이었다. 첫 기고가 실린 이후 자신감을 갖고 지금까지 지속적으로 기고를 하고 있다. 한 160여 편의 기고를 함으로써 사회에 작은 영향력을 미치고 있다. 특히 블로그 등으로 필자의 기고를 옮기는 분들을 보면서 더 선한 영향력을 미칠 수 있는 내용으로 기고를 해야겠다는 생각을 한다. 첫 동아일보 기고 내용은 다음과 같다.

"선물은 받는 사람의 입장을 생각하며 주는 사람의 진심을 알리는 매개체다. 진심이나 진정을 기반으로 하는 관계에 있어서 선물은 가격보다는 마음이 더 중요한 요소로 여겨진다. 만일 선물의 대가를 바라거나 순수한 마음이 없다면 마음보다는 가격이 중요해질 수 있다. 또 주는 사람 입장에서 받는 사람이 중시하는 가치 기준을 모른다면 가격으로 그 가치를 따지게 된다.

선물이라는 것은 시의적절하고 의미가 있을 때 효과가 배가된다. 진정성 없는 빈번한 선물은 그 순수성에서 의심을 받게 된다. 상사가 직원 생일에 챙겨주는 작은 꽃다발, 수고하는 미화원에게 건네는 감사의 커피 한 잔은 제공 목적과 동기가 순수하다. 모두가 공감하는 마음의 표현이자 훈훈한 감동이기도 하다.

하지만 빈번한 선물 공세는 그 진정성을 떠나 시혜적이고 경쟁적 이타주의의 한 표현일 수 있다. 특별한 대가를 바라지 않는다고 해도 선물 제공이 묵시적으로 본인의 명성을 높이고 인자롭다는 이미지를 만들기 위한 의도된 행동일 수 있다는 것이다.

'베버의 법칙'이라는 게 있다. 처음에 약한 자극을 주면 작은 자극에도 변화를 쉽게 감지할 수 있지만 처음부터 강한 자극을 주면 작은 자극은 느낄 수 없고 더 강한 자극에만 변화를 느낀다는 원리다. 빈번하고 의미 없는 선물 공세 역시 받는 사람이 그 상황에 점점 익숙해지도록 해 받는 기쁨 자체를 무덤덤하게 만든다."

– 동아일보, 2012.2.15

한편 책을 연간 100여 권 읽다 보니 다양한 생각이 모여지고 다양한 상황이 만나게 되면 글이 되는 경우가 많았다. 그것이 나의 흔적이 되고 콘셉트, 스토리 그리고 의미가 되었다. 사진은 당시의 상황을 저장할 수 있지만, 생각을 저장할 수는 없을까 고민하게 됐다. 그래서 기고한 내용과 다양한 의견을 첨부하여 책을 출간했다. 책에는 가족사진을 넣고 부모님의 출생지를 넣어 영원히 기억뿐만 아니라 후대에도 책을 통해 알 수 있도록 했다는데 의미가 있다.

필자는 강원도 두메산골에서 서울에 살기까지 남들보다 유리한 것이 별로 없었다. 그러나 노력으로 이만큼 온 것은 불평하지 않고 감사하며 살아온 덕분이라 생각한다. 낙관론자는 위기 속에서 기회를 보고, 비관론자는 기회 속에서 위기를 본다고 했다. 위기가 기회가 되듯이 코로나로 어려운 과정에서 늘 감사하는 삶을 살고자 한다.

"인간은 실패했을 때 끝나는 것이 아니라, 포기했을 때 끝나는 것이다."

프로필

- 변화관리컨설턴트, 성균관대학교에서 사회복지학을, 동대학교 경영대학원에서 MBA를, 캐나다 크리스챤 칼리지에서 상담학 박사를 취득했다. 현재 한국열린사이버대학교 사회복지학과 특임교수로 있으며, 주요 일간지에 정기적인 칼럼을 기고하고 있다.
- 〈노력은 배신하지 않는다〉, 〈단 하나의 질문〉 등 4권의 저서가 있으며, 재무설계 뿐만 아니라 다방면에 걸쳐 활발한 변화관리 컨설팅 활동을 하고 있다.

無始無終(무시무종)

장소영

우리의 삶은 육도세계를 돌고 도는 것이니
마치 수레바퀴처럼 시작도 끝도 없다네.

옛날도 없고 지금도 없으며
시작도 끝도 없이 그저 묵묵히 걸어 나갈 뿐…

하늘의 길 아래에서, 땅의 길 위에서
차가운 비바람도 뜨거운 태양도
이 모든 것은 내 마음속에만 있는 것일 뿐

어디로 가야 하는가,
어디로 가고 있는가,

누군가 잡아준 따뜻한 손길을 따라
집착을 내려놓으니
비로소 행복이 보이네.

歡喜(환희)

영원히 추울 줄만 알았던 계절이 지나
어느새 따스한 햇살이 길게 늘어졌다.

깨진 유리창에도 언제나 햇살은 비추고
깨진 마음속에도 언제나 희망은 비춘다.

이토록 환한 빛을 가슴에 품기 위해
우리의 지난 날은 그토록 추웠나보다.

禪定(선정)

고요한 어둠 속
잠시 눈을 감고 돌아본다.

마음을 둘러싼 사념 속에서
어찌 편안히 머무를 수 있는가

집착을 내려놓으니
인연이 바로 옆에 있었고

욕심을 내려놓으니
이곳이 바로 극락이었네

蓮花(연화)

자만심에 가득 차 있는 자에게는
피어나지 않으며
베푸는 자에게 비로소 피어난다.

깨닫지 못한 자에게는 입을 꾹 다물지만
돈오(頓悟)의 문을 연 자에게
비로소 그 미소를 보이며
그렇게 온 세상을 가슴에 담는다.

因緣(인연)

꽃이 아름다운 이유는 찰나이기 때문이다.
아주 잠깐 피었다 지기에 소중한 것이다.

우리의 인연도 꽃과 다르지 않다.
찰나이기 때문에 아름다운 것이며
잠시 스쳐 지나가기에 소중한 것이다.

그대와 나는 몇 번의 옷깃을 스쳤던가
돌이켜보니 이 얼마나 소중한 인연인가.

프로필

- 서양화가, 문화예술인
- 페이스갤러리 대표
- 한국컬러유니버설디자인협회 이사
- 라이센스뉴스 칼럼니스트
- 아프리카아시아난민교육후원회 ADRF 홍보대사
- 국립박물관문화재단 박물관 미술관 주간 홍보대사

자가격리 가족

조 미 영

전화가 왔다. 아들의 담임이다.

"어머니, 오늘 우리 센터에서 코로나 확진자가 나왔어요. 그래서 빨리 하진씨 데려가셔야겠어요."

병원이라는 말만 해도 거부반응 보이는 아들을 걱정하며 복지관으로 향했다. 항상 느끼는 것이지만 아들이 다니는 복지관 주위는 오전 10시와 오후 4시면 자주 보는 얼굴의 부모들로 붐빈다. 성인이지만 혼자 다닐 수 없는 장애인 자녀의 부모들이다. 그저 안면만 있을 뿐 말 한마디 건네 보지 않은 엄마들의 마음은 다 비슷하게 느껴진다.

가끔 자녀의 탠트럼(고의적 역정, 격분)이나 멜트다운(정서적, 감각적 비예측상황의 분노 표출)에 난감해 하는 부모를 본다. 아무 것도 해줄 수 없는 것을 안타까워하며 애써 외면한다. 그 마음을 알기에 친한 엄마 아니면 아는 체 하기도 민망하다. 때로는 시선 집중시키는 행동을 내 아이가 보이지 않는 걸 다행이라 여기기도 한다. 조금 기다려 주면 스스로 추스르는 경우가 많음을 우리는 잘 안다. 자해나 타해가 아니면 그냥 그렇게 쏟아 내도록 기다려 주는 것도 필요하다. 물론 그 기다림이 부모의 피를 말리기도 하지만.

그렇게 아들을 데리고 집으로 돌아오는 길, 선생님의 이야기를 곱씹는다.

"여기 종사자들은 지금 다 검사를 받을 거구요, 이용자들 중에 검사 가능한 분들은 검사 받고, 하진씨처럼 두려워하는 분들은 당분간 집에서 자가격리하는 걸로 결정했어요."

어차피 지금도 주2회만 센터에 나가기 때문에 크게 달라질 건 없다. 검사 받는 걸 두려워하는 아들이 안타깝고 혹시 감염되었으면 어떡하나 불안했다. 어쩔 수 없었다. 어렸을 때는 아들을 안고 들어가 한 바탕 전쟁을 치르며 진료를 받았다. 하지만 엄마의 힘을 넘어서면서부터는 싫다고 뻗대면 어느 장사도 아이를 감당하지 못했다. 고열임을 느껴도 체온계조차 들이밀 수 없었다. 병원에 들어가지 않고 차 안에서 꼼짝하지 않는 아들을 위해, 친절한 의사가 주차장까지 내려와 아이 상태를 보고 약을 처방해 준 적도 있다.

아들은 자신의 아픔을 말로 표현하지 못했기에 작은 증상이라도 보이면 신경을 바짝 세우고 관찰해야만 했다. 아무것도 알아차릴 수 없을 때는 아이 행동을 추측하여 민간요법으로 치료했다. 기침이 심하면 배의 속을 파내어 꿀을 넣고 중탕한 후 마시게 했다. 엄지발가락의 발톱이 살을 파고 들어가 파내는 수술을 해야 했지만 항생제를 먹으며 소독약으로 치료만 하여 완치되었다. 한 달 동안 아이를 수발하면서 수술 없이 잘 나은 아이 발을 보며 천지신명 일월성신 모두에게 감사의 말을 수없이 외쳤다.

아들의 병원 기피는 어려서부터 워낙 많은 치료실과 병원을 다녀서 생긴 트라우마 때문인 듯하다. 발달장애라 하더라도 정확히 자폐인지 지적장애인지 구분해서 접근해야 된다기에 숱한 병원과 치료실을 헤집고 다녔다. 아들의 기분이 좋을 때 가는 곳은 희망고문을 서슴지 않았다.

"양호한 편이네요, 우리 기관에 등록하고 일이년 다니면 나을 거예요."

어떤 곳에서는 아들이 좋아하는 책을 넘기며 조용히 앉아 있는 것을 보고 자폐 성향이 강하다고 말했다.

"얌전하네요, 쟤는 책 한권이면 하루 종일 먹지도 자지도 않고 저렇게 앉아 있을 겁니다."

예약 시간에 맞추려고 아들을 일찍 깨워 잠이 덜 깬 상태에서는 어느 곳을 가든 아이는 울고 떼쓰기를 그치지 않았다. 의사와 치료사들은 아들이 그때 보이는 상황만 보고 판단했다.

"심하네요, 우선 행동치료부터 해야 합니다. 저래서야 본인도 힘들고 가족들도 힘들어 살 수 있겠어요?"

그러면서 자기 기관에 등록을 망설이는 나를 힐난하기도 했다.

17개월부터 아들의 장애가 의심되어 2년 동안 진단을 위해 떠돌아 다녔으니 아들은 병원 건물만 봐도 넌더리를 낼 만했다. 장애의 징후를 일찍 발견해서 조기 교육하면 예후가 좋다고 다들 치료와 교육을 서두르라고 했다. 하지만 진단 자체도 쉽지 않았고 아이에게 맞는 교육 기관을 찾는 것도 여간 힘들지 않았다. 차라리 나는 아들의 장애를 좀 더 늦게 알았더라면 아들이 그 숱한 병원 순례를 하지 않았을지도 모를 일이라고 생각하기까지 했다. 부모 교육을 통해 무조건 전문가에게 아이를 맡기면 좋다고 잘못 판단한 엄마의 무지는, 아들을 그렇게 병원을 끔찍한 장소로 마음속에 각인시켰다.

병원에 대한 두려움을 깨기에는 요원했지만 내가 아파서 가는 병원에 따라 다니며 아들은 대기실에서 기다리는 것까지는 가능해졌다. 하지만 정작 운동 중에 삐끗해서 발을 저는 아들을 데리고 병원에 갔을 때 엑스

레이를 찍지 못했다. 덩치 큰 아들을 의료기계 앞까지 억지로 끌고 간다 하더라도 움직이지 않고 촬영하는 건 불가능해서였다. 아무 처방도 받지 못했지만 운동치료 선생님과 상의하여 멘소래담을 바르고 압박 붕대로 칭칭 감아주었다. 아프니까 걷는 걸 멈추고 조심스럽게 있다 보니 일주일 만에 나은 적도 있었다.

아들이 집에 있으니 그림자인 엄마도 움직일 수가 없었다. 그렇게 살아온 지 25년이 되었다. 다행스럽게 아들은 병원 갈 일 없이 지금까지 건강을 잘 유지하고 있다.

코로나19는 장애인 가족에게 강도 높은 재난이다. 바깥 활동이 많아야 그나마 집안에서의 생활이 조용한데 외출을 못하니 아들의 활기는 높아만 간다. 이 방 끝에서 저 방 끝까지 다다다 뛰어 다니면서 냉장고 열기를 수십 번 반복한다. 욕실에 들어가 화장지를 마구 풀어 헤쳐 놓고 그걸 청소한답시고 더 엉망으로 만들어 놓는다. 갑갑하고 답답하니까 상동행동(의미 없어 보이는 단순 반복적인 몸동작)의 강도와 빈도는 높아만 간다. 손을 입에 대고 후후 부는 걸 듣고 보노라면 당장 가서 뜯어 말리고 싶다. 하지만 돌아서면 바로 또 하기 때문에 소용이 없다. 마치 엄마가 자신의 행동을 어디까지 용납하는지 보려고 인내력을 테스트하는 것 같다. 두 팔을 올리고 흔들면서 거실을 뛰어다니며 가족들의 정신을 쏙 빼놓는다. 아래층에 미안해서 집을 구할 때 아무 것도 보지 않고 1층 또는 1층이 필로티인 곳만 찾았다. 다행히 이웃과의 소음 전쟁은 피할 수 있지만 여전히 불안한 마음은 늘 존재한다. 한여름에도 문을 열지 못하고 아들 없는 틈에 환기 시키는 건 자폐 가족 대부분의 모습이다. 아이의 고성이 외부로 새어 나갈까봐 문을 닫고 살기 때문이다. 아이를 괴물 취급하고 다른 곳으로 이사 가라고 협박까지 하는 이웃들의 과한 요구에 '자폐아동 가족을 살려 주세요'라는 국민청원까지 감행한 아빠도 있었다. 자폐성장애인과 그 가족을 이해해 달라는 말은 늘 허공에 떠다니고 있는 것만 같다.

아들은 집안에서의 언어적 지시는 잘 알아듣는 편이다. 이런저런 잔심부름과 간단한 가사 일을 부탁하면 어설프지만 거절하지 않고 잘 수행해 준다. 그러나 자신만의 행동(종이 찢기, 머리카락 꼬기, 손 흔들며 뛰어 다니기 등)을 제지할 방법은 막막하다. 보통 사람들의 여가나 취미 활동에 흥미가 없으니 자신만의 놀이라는 생각도 든다. 그것이 타인에게 방해가 되지 않는다면 문제 될 건 없더라도 가끔은 성가신 마음에 아들을 책망하기도 한다. 아들의 행동을 세밀하게 쪼개서 행동치료를 해야 되나 싶다. 하지만 이미 익숙해진 것들을 소거하려면 많은 시간과 노력이 필요한 걸 알기에 이미 지쳐버린 내 의지를 의심하고 시도하기를 겁내고 있다. 다른 활동을 통해 아들의 이러한 행동들을 줄여 볼 수도 있겠지만 코로나19의 상황에서는 시도조차 어렵다. 집안에서의 편안함이 주는 느슨함은 아들의 불필요한 생활습관을 줄이기 위해 필요한 부분에 부모는 손을 댈 수가 없다. 부모라서 가능한 것이 있고 부모라서 불가능한 교육들이 분명히 존재하기 때문이다. 눈치 빤한 아들이 가족에게 하는 행동과 전문가에게 보이는 행동이 다른 것도 부모로서는 기함할 일이다. 내가 아들을 잘 못 키워서 아이가 저 모양인가 자괴감이 들 때마다 고도의 스트레스가 엄습한다.

1년 전 처음 코로나19가 발생했을 때 이렇게 길게 끌고 갈 줄 아무도 몰랐다. 곧 나아지겠지 생각하며 지낸 시간들이었다. 그나마 작년에는 밖에서 음식을 사 먹을 수 있어서 사람이 덜 모이는 곳으로 아들과의 나들이를 자주 했다. 평소 가보고 싶었던 곳을 돌아다니며 피할 수 없으면 즐기라는 말을 실행할 수 있었다. '다산생태공원'에 가서 사람이 많으면 가까운 '물의 정원'으로 이동했다. 소금산 출렁다리와 파주 출렁다리도 아들과 둘이 가봤다. 부산을 오가며 늘 광고판만 보던 '진천 농다리'도 다녀왔다. 거의 매일 집 앞 공원이라도 다니며 아들과의 나들이를 하다 보니 아들의 달라지는 면도 관찰할 수 있었다. 처음에는 엄마가 뒤따라가고 있는지 전혀 신경 쓰지 않더니 점점 간격을 조절하고 있었다. 코로나19가 우리 모자에게 이런 변화를 가져다 주는구나 생각하고 피식 웃었다.

일주일간의 자가격리가 끝났다. 가족들이 집안에서 이렇게 긴 시간 같이 지낸 건 25년 만에처음 있는 일이다. 평소 집에서 해 먹지 않던 요리들을 함께 하면서 삼시 세끼를 집밥으로 먹었다. 비린내 난다고 평소 잘 안 해먹던 생선을 구웠고 찌개 하나로만 한 끼를 잘 때우기도 했다. 하루 세끼를 꼬박꼬박 챙겨 먹던 아들도 늦잠을 자고 일어나 기분좋게 아점과 저녁으로 하루를 넘기기도 했다. 영화를 보고 아들은 아이돌의 노래를 들으며 춤도 추면서 나름 여유로운 날들이었다. 아들 혼자서는 할 수 없었고 가족 모두가 함께여서 그나마 견딜 수 있었다. 집에서 자영업하는 남편의 일이 그나마 순조로워서 다행이었다. 곧 발령을 기다리는 딸도 취업 걱정에서 벗어나 여유로워서 참 좋았다. 나는 그동안 써왔던 글들을 모아 책을 내려고 준비하고 있다. 코로나19의 악조건 속에서도 우리 가족은 각자의 할 일을 하면서 감염병이 사라지는 세상을 기다리고 있다. 행복한 가족의 이유는 비슷하지만 불행한 가족의 이유는 다양하다고 했다. 자가격리 기간에도 웃을 수 있었던 여유가 좋았다.

올해 유난히 많이 오던 눈이 그치고 며칠 동안 잿빛 하늘이 세상을 흑백으로 바꾸어 놓았다. 폭설에도 폭우에도 누군가의 삶이 무너지지 않는 세상을 바란다. 강자가 살아남는 세상? 아니다. 살아남은 자가 강자인 세상은 더욱 아니다. 보다 촘촘한 사회적 안전망과 제도적 장치로 약자들의 삶이 행복한 세상이면 좋겠다.

프로필

- 항상 여유로운 남편, 가족의 활력소인 딸,
  엉뚱 기발한 자폐성장애인 아들, 가족의 행복을 추구하는 엄마.

희망의 끈을 놓아버리지 않도록 이끌어 주십시오

조 봉 현

지난 여름 양산에서 가족 모임을 마치고 돌아오는 길에 울산에 있는 자수정동굴나라에 들렀다.

손주랑 가족들이 여러 시설을 구경하고 놀이기구를 이용하는 동안 혹시나 싶어 사무실에 찾아갔다. 마침 사장님이 계셨다.

"아이고 사장님, 조봉현입니다."

"이렇게 반가울 수가요. 조선생님은 경기도로 가셨다는 얘기를 들었는데, 그동안 어떻게 지내셨어요?"

그 분과는 10년 만의 반가운 조우였다. 매우 반갑게 맞아 주셨다.

오랜만에 차 한잔 하면서 이런 얘기 저런 얘기 나누다 보니 시간은 10년 전으로 돌아갔다.

나는 과거 부산에서 살 때 부산근육장애인협회라는 단체를 만들어 20여 년간 회장을 하면서 동료 장애인들의 권익보호를 위한 봉사활동을 한 적이 있다.

10년 전의 여름 1박2일로 바로 이곳 자수정동굴나라에서 여름철 근육장애인 재활캠프 행사를 실시하였다. 이 행사는 심한 중증장애로 집안에서만 지내는 친구들에게 재활의식을 고취하고 사회적응력을 키워주기 위한 행사다. 매년 여름철에 1박2일 행사로 열린다. 부산 · 울산 · 경남 지역의 휴양시설이나 수련시설을 골라 매년 장소를 바꿔가면서 하는데, 그 해엔 13년 차 행사로 열렸다.

나는 그 행사를 치르기 위하여 2달 전부터 장소 섭외, 수차례의 현지 답사, 후원금 모금, 자선 공연팀 섭외, 자원봉사자 모집, 진행 스케줄 작성 등에 매달렸다.

행사 1주일을 앞두고는 직장의 하계휴가를 이용하여 다른 임원들과 함께 매일 밤늦도록 프로그램을 짜고 점검하면서 치밀한 준비를 했다. 중증장애인들의 행사이기 때문에 안전사고 방지를 위해서도 엄청난 신경을 썼다. 그래도 만일을 대비하여 의료봉사단체의 도움을 받아 응급처치가 가능한 의사도 자원봉사에 참여시켰다.

여러 차례 사전 현지 답사를 통하여 화장실 들어가는 계단과 무대에 올라가는 계단이 휠체어 장애인들이 이용하는 데 문제가 있음을 발견했다. 시설주를 직접 만나 경사로로 대체해 줄 것으로 요청하였더니, 즉시 설치공사를 실시하여 편리한 통로를 만들어 주었다. 뿐만 아니라, 우리의 행사에 대한 많은 도움을 주었다. 200명이 넘는 참석자들의 동굴 입장료도 모두 면제해 주고, 시설 내 식당을 이용하는데도 최대한 실비로 제공해 주었다.

그 때의 행사엔 부산 · 경남 · 울산 지역에서 약 70명의 근육장애우들이 참여하였다. 수도권 등 다른 지역에서도 몇 사람씩 대표단을 보내왔다. 자원봉사자들을 포함하여 총 200여 명이 참가하는 대규모 행사가 되었다.

폐광된 자수정 광산을 새롭게 단장한 동굴나라는 드넓은 대지와 야산에 많은 놀이시설과 각종 체험 학습장을 갖추고 있다. 동굴은 보트 탐험구역과 도보 탐험구역으로 나누어져 있으며, 수평갱도를 이루고 있어서 장애인들이 이용하기에는 참 편했다. 동굴 안에서 몇십 분만 보내다 보면 오한이 들 정도로 시원한 냉기가 온몸을 적셨다.

첫날, 나와 핵심 임원들은 오전에 도착하여 미리 행사장 한쪽에 천막으로 베이스 캠프를 차리고, 참가자 등록창구 설치하였다. 오후 2시부터 참가자 접수가 시작되었다. 장애인이나 봉사자, 임원, 후원자 등 누구든지 참가자는 등록과 동시에 명찰을 받아서 달았다. 자원봉사자로 참여하는 사람들에겐 각자 미리 짜여진 임무를 부여하였다. 지난 지리산 등반 행사 때부터 손발을 맞춰왔던 여러 봉사단체의 자원봉사자들이 속속 도착하였다. 일부 봉사자들은 오전부터 장애인들의 집으로 가서 그들을 태우고 오는 차량 봉사도 함께 하였다.

일부는 잔디밭에서 야영장 설치를 하고, 일부는 동굴 내 중앙무대에서 공식행사 및 공연준비를 하였다. 일부는 장애인들이 도착하는 대로 공식행사를 할 때까지 그들이 심심하지 않도록 일거리를 나눠주었다. 봉사자와 장애인은 짝을 지어 휠체어를 밀고 주변 시설을 구경하면서 여러 가지 체험학습을 하도록 하였다. 장애인들은 10살짜리 어린이부터 50대 중년에 이르기까지 연령층이 다양했다.

모두들 오랜만의 상봉인지라 서로 반갑게 안부도 전하면서 화기애애한 인사가 그칠 줄 몰랐다. 동굴나라 한쪽 한옥집 휴게시설 전체가 우리 회원들의 전용 휴식공간으로 제공되었다. 그곳에선 조금 색다른 프로그램이 진행되고 있었다. 우리 장애인들의 건강을 돕기 위하여 맹인 안마사 몇 사람이 안마봉사를 실시한 것이다. 많은 회원들이 안마봉사를 한번 받아보기 위해서 줄을 섰다.

어느 시각장애인 안마사가 이번 행사의 소식을 듣고 동료 안마사들과 함께 자기들이 전문으로 하는 안마로써 자원봉사를 한 번 해보겠다고 제안했다. 나는 고맙다면서 흔쾌히 허락하였다. 이처럼 자원봉사엔 장애 · 비장애가 따로 없다.

서울에서 신인가수로 데뷔하여 찜이라는 노래로 인기를 얻기 시작한 순애라는 가수는 우리 협회의 홍보대사였다. 서울에서 매니저와 함께 자선공연을 위해 6시간이 넘게 운전을 하고 행사장까지 찾아왔다.

6시에 식당에서 저녁 식사가 시작되었다. 200명이 넘는 참가자들은 식당의 수용한계로 인하여 3교대로 식사를 하였다. 자원봉사자들은 장애인들을 위한 서빙을 하면서 요령껏 식사를 하였다. 나는 식사시간에 공식행사가 열리게 될 장소에 미리 들어가서 구석구석을 돌며 음향시설과 여러 가지 안전시설 등을 점검하느라 식사할 짬이 없었다. 내가 워낙 바쁘게 움직이다 보니, 자원봉사를 하러 온 같은 직장의 직원이 나를 따라다니면서 내 입에 김밥을 넣어줄 지경이 되었다.

식사시간이 끝나고 모두들 동굴 안의 무대로 향했다. 6시 이후에는 일반 관광객 출입이 종료되고, 동굴은 우리 행사만을 위해 개방되었다. 동굴 무대는 입구에서 1Km 가까이 내부를 구경하면서 들어가게 된다. 한여름이라도 동굴 안은 춥기 때문에 팔이 긴 옷을 가져오라고 미리 예고를 하였다. 그러나 만일을 대비해 장애인들에겐 추우면 몸을 감쌀 수 있도록 담요를 한 장씩 나눠줬다. 그 담요는 섬유회사를 하는 잘 아는 사장에게 부탁하여 소파를 만드는 수출용 고급원단 중에서 약간 흠이 생겨 수출이 곤란한 원단 몇 둥치를 얻어와서 즉석에서 자원봉사자들이 가위로 잘라서 만들었다. 아주 훌륭한 담요가 되었고, 참석자들에게 인기 만점이었다. 나중엔 모두들 집으로 가져갔다.

무대와 객석이 모두 정리되자 공식행사 시작을 알리는 팡파레가 울렸다. 임원과 내빈 소개 및 초청 인사들의 축하 메시지, 그리고 나의 감격에 찬 인사말이 이어졌다.

"지금은 치료약이 없어서 어떠한 절망적인 상황이 오더라도, 언젠가는 근육병도 치료법이 나오리라는 확신을 가지고, 최소한의 건강만이라도 유지하면서 희망만은 버리지 맙시다."라고 당부했다.

그리고 자원봉사자들과 후원자들에게도 호소했다.

"이러한 장애인들이 희망과 용기를 잃지 않도록 변함없는 사랑과 함께, 사회적 대책을 마련하는 데도 앞장서 주십시오."

나의 연설이 끝나자 후원회장이 곧바로 나에게 다가와서 소감 한마디를 피력했다. "너무나 감동적인 말씀이었습니다. 저도 더욱 노력하겠습니다."

유공자에 대한 시상 및 감사패 수여, 후원금 전달 등의 그리 길지 않은 공식행사를 끝내고 각종 공연행사가 이어졌다. 공연행사에서는 갖가지 진기한 마술쇼와 섹소폰 연주가 있었다. 그리고 서울에서 특별히 내려온 가수 순애의 신나는 노래선물도 이어졌다. 특히 사물놀이패 참소리 공연단이 신명나게 두들겨대는 북소리는 동굴 무대라는 독특한 환경과 조화를 이루고 천지를 진동했다. 가슴속에 맺힌 장애인들의 한을 마음껏 날려 보내는 것만 같았다. 그리고 각 봉사단체별로 준비한 장기자랑도 한 가지씩 선보였다. 장애인들의 노래 경연도 있었다. 휠체어 앉아서 팔로만 모션을 취하며 힘차게 노래를 부르는 모습은 감동과 애처로움이 어우러지는 묘한 풍경이 연출되기도 하였지만, 전체적으로는 신나고 감격에 찬 모습이었다. 일부 봉사자들은 객석을 돌며 협회가 미리 준비한 기념품과 선물을 배부하느라 여념이 없다.

나도 사회자의 요청으로 중간에 노래 한 곡 하려고 무대에 불려 나갔다. 난 거기서 노래를 하기 전에 잠시 소감을 말하게 되었다.

"이렇게 행복한 여러분들의 모습을 보니 너무 기쁩니다. … 흐흑 …

소감을 밝히는 도중에 방금 전에 벌어졌던 감동과 애처로움이 어우러지는 모습을 회상하다 그만 눈물을 쏟아내고야 말았다. 나는 흐느끼면서 간신이 소감을 마쳤다. 이어서 부르는 노래는 눈물 반, 노래 반이 되었다. 행사장은 순식간에 숙연해졌다. 나를 따라 눈물 훔치는 몇몇 회원들도 눈에 띄었다.

그러나 내 노래가 끝나자 사회자의 재치있는 수습으로 분위기는 다시 신나는 쪽으로 반전이 되었다.

"회장님께서 의외로 눈물이 많으시군요. 우리 모두 '힘내세요!' 소리 한 번 지르고 박수 한 번 칩시다. 그리고 크게 한번 웃읍시다. 하하하!"

마지막으로 촛불과 스파클라를 이용한 화려한 불꽃놀이, 노사연의 "만남"이라는 노래를 모두 합창하면서 맞이하는 피날레는 동굴 안을 온통 흥분과 감동의 도가니로 몰아넣었다. 서두리회 회원들과 국세청 봉사단 회원들의 적극적 봉사활동도 감동적이었다. 드러나지 않게 이웃을 통해서 자기 자신을 바라보고 아름답게 자신을 가꾸는 모습들이다. 이번 행사에 처음으로 참여했다는 국세청 봉사단 한 명이 나에게 다가와서 엄청난 규모와 빈틈없는 운영에 깜짝 놀랐다며 감동의 표정을 감추지 못했다.

"조회장님, 정말 장하십니다. 앞으로 이런 행사 또 있으면 꼭 불러주십시오!"

동굴 안에서 행사가 끝나고 모두 야영장으로 나왔다. 드넓은 잔디밭엔 쭉 펼쳐진 원색의 대형 천막들이 전등불 아래 푸른색 잔디와 어우러져 보기 드문 아름다운 풍광을 연출했다. 그 잔디밭은 이곳 사장님이 심혈을 기울여 가꾸는 곳이다. 너무나도 잘 다듬어져 있어서 이곳에 누우면 침대보다 더 푹신푹신하였다. 외부엔 절대 개방하지 않는 곳인데, 1년에 딱 한 번 우리 장애인 행사 때만 개방했다. 이곳 사장님은 수년 전 직장 업무와 관련하여 알게 된 이후 내가 하는 일에 좋은 후원자가 되었다. 잔디 위에는 습기가 올라오지 않도록 방수재를 깔고 그 위에는 다시 섬유회사에서 가져온 소파용 원단을 쫙 깔았다. 너무 포근하고 촉감도 좋았다. 10개 동의 대형 천막은 모두 임대한 것이었다. 모기장도 준비했는데 산 위라 그런지 한 마리도 발견되지 않았다.

야영장에선 바비큐 파티가 이어졌다. 봉사자들은 고기를 굽고 나르기에 여념이 없었고, 장애인들은 삼삼오오 모여앉아 이야기꽃을 피운다. 비록 몸은 자유롭지 못하나 맑은 영혼으로 세상을 살아가는 그들이기에 정말 행복했으면 좋겠다.

이렇게 자수정동굴나라에서의 밤은 깊어갔다. 후원회원 등 50여 명의 내빈들도 함께 어울렸다. 그리고 밤늦게 모두 집으로 돌아갔다. 장애인들과 장원봉사자들 150여 명은 조별로 나뉘어 천막에서 야영을 했다.

뒷날은 오전 내내 장애인들과 봉사자들이 어울려 보트를 이용한 동굴탐험과 물썰매 타기, 곤충박물관 견학 등 각종 체험학습이 실시되었다. 일부 봉사자들은 야영장 철거 및 주변청소 등 폐막준비에 바빴다. 점심을 먹고 오후 3시경 간단한 폐막식과 함께 뜻깊은 중증장애인 재활캠프는 막을 내렸다.

행사를 성공적으로 마치고 나서 우리 협회의 카페엔 다음과 같은 글이 올라와서 내 마음을 한없이 울렸다.

자수정동굴 캠프갔다 오는 길에 달리는 차안에서 생각에 잠겼습니다. 수차례 근육장애인 행사를 지켜보면서 회원의 한사람으로서 협회와 조회장님의 고마움을 되새겨 보았습니다. 그러고 보니 올해가 협회 창립 20주년이네요.

적지 않은 세월을 협회를 만드시고 여기까지 이끌어주심에 머리숙여 감사드립니다.

회원들에게 희망과 용기를 주고자 애쓰시는 당신의 모습에서 아름다움을 넘어 숙연한 마음까지 들더군요.

행사도중 목이 메어 다음 말을 이어가지 못하고 결국 눈물을 보이실 때, 객석에 앉아있던 저 또한 저절로 눈에서 이슬이 방울져 흘러내리더군요..

아마 저만이 아닌 많은 회원들이 같은 마음이었으리라 생각됩니다

겸양하시지 않아도 됩니다

당신은 우리 근육장애인들에게 있어서 아버지 같은 존재입니다

존재 자체만으로도 든든하고 믿음직스러운 당신이기에…

우리들이 희망의 끈을 놓아버리지 않도록 이끌어 주십시오

그리고 10년이 지났다. 자수정동굴은 나에게 추억, 아니 전설처럼 남아있다. 세월은 10년이나 지났지만 근육병 치료법은 아직도 나오지 않았다. 그 사이 많은 회원들은 세상을 떠났다. 카페에 위 글을 써서 나를 울컥하게 했던 그 사람도 세상을 떠났다. 그리고 또 새로운 환우들이 끊임없이 늘어나고 있다. 나는 지금 한국근육장애인협회의 고문을 맡아 전국 근육장애인들의 권익과 협회의 발전을 위해 계속 노력하고 있다.

그러나 할 수 있는 일은 너무 한정적이다. 그렇더라도 그들을 위해 할 수 있는 일이라면 무엇이든지 찾아보려고 하고 있다. 옛 열정이 식지 않도록 마음을 다잡아본다.

프로필

- 세무사(광교세무법인)
- 저널리스트(소셜포커스 논설위원)
- 경기도장애인편의시설설치도민촉진단 명예단장
- 사단법인 한국장애인총연맹 감사
- 근정훈장, 대통령 표창(2회), 사회공헌대상 등 수상

네 번째 문이 열렸다!

조 윤 정

어느 날 카카오 단톡방에서 어떤 분이 전자책 관련 얘기를 했다 전자책? 나는 종이책을 언젠가 쓰고 싶다는 생각을 하고 있었다. 2012년 15년 전 못 갔던 유학의 꿈을 반드시 이루고 싶어서 학원을 맡기고 1년 동안 어린 아들을 데리고 갔다 왔다. 그 기간 동안 경험한 많은 일들을 글로 쓰고 싶었지만 당시 쓰지 못했고 어느덧 다녀온 지 8년이 넘는 시간이 흘렀다. 이후 여러 차례 서머캠프를 뉴욕과 뉴저지로 학생들을 데리고 갔다 왔는데 미국은 그다지 바뀐 것이 없어 지금 써도 이상하진 않을 것 같다.

하지만 엄두가 나지 않았다. 아무나 작가가 되는 것도 아니고 출판이라는 게 어렵다고 들었기 때문에 시작조차 시도하지 않았다. 하지만 쓰고 싶은 이야기의 목차는 미리 써놓은 게 있었다. 그러던 중에 들은 전자책이라는 것은 일반 종이책보다 쓰기가 수월하고 판매도 이루어진다는 정보를 듣고 전자책 만들기 프로젝트에 참여하게 되었다. 우여곡절이 있었지만 결국은 포기하지 않고 마무리를 해서 사월에 크몽이라는 전자책 올리는 플랫폼에서 승인을 받았다. 그래서 지금 나의 전자책 〈엄마가 간다 미국유학〉이 세상에 나오게 되었다.

이렇게 경험하기 시작한 온라인 세계는 작년에 시작된 코로나로 인해 시작한 거나 다름없다. 블로그를 시작으로 새로운 세계에 적극적으로 발을 들여놓은 나는 개인적인 SNS는 꽤 하고 있었지만 이것을 확장시켜나가야 할 이유도 몰랐고 필요성도 느끼지 못했다. 이것이 사업의 시각으로 보면 얼마나 아깝고 많은 기회를 놓치는 것이라는 것을 아는데 오래 걸리지 않았다. 온라인상에서 줌을 통해 많은 강의들과 프로그램들을 계속해서 들으며 나는 단점을 상당 부분 개선시키고 발전적으로 변했다. 이렇게 끊임없이 배울 수 있었던 이유는 바로 강의 듣기 위해 장소이동을 할 필요가 없고 집에서 또는 여러 장소에서 계속 들을 수 있고 심지어 화면도 켜지 않고 할 수 있었기 때문에 부담스럽지도 않았다. 그냥 자신이 열심히 하면 되는 거라 시간을 아끼며(나간다고 꾸미는 시간, 가는 시간 등) 알차게 채워나갈 수 있었다.

자기계발 관련한 강의로는 전자책쓰기 포함 영어교육관련 강의, 블로그 꾸미기, 드림보드 만들기, 카카오톡과 OGQ 이모티콘만들기, PPT쉽게 만들기, 그리고 블로그 글쓰기 과정과 인스타그램 피드올리기, 체험단 등 엄청난 양의 인풋을 하며 내 SNS에 활용했다.

작년 말부터 올해 3월까지 엄청난 양의 인풋을 했는데 한두 달 정도 지났을 때 강의를 듣는 사람들 중 아웃풋을 해내는 사람들을 보며 자괴감을 느끼게 되었고 때맞춰 번아웃이 함께 왔다. 그도 그럴 것이 밤늦게 진행되는 강의들을 듣고 포스팅하고 글을 쓰고 학원 일을 하다 보면 새벽 3시 넘어 잠들었는데 또 이때 90일 유튜브 새벽기도 미션을 해 본다고 정말 내가 시도해보지 않은 새벽 미션 까지 겹쳐서 쓰러질 지경이었다. 물론 끝나고 한 두 시간 더 잤지만.. 나의 멘토가 되신 〈영어책 1천권의 힘〉을 쓴 강은미 작가님도 단톡방 강의를 통해 알게 되어 작가님을 통해 온라인강의 데뷔와 함께 나의 경험과 재능이 학원과 홈스쿨 컨설팅 분야에 꼭 필요하다는 것도 알게 되었다. 〈고교중퇴 배달부 1억 연봉 메신저 되다〉 박현근 코치님도 이렇게 연결 되었으니 온라인세계는 내 인생에 한 획을 긋는 새로운 시작을 안겨주었다. 게다가 종이책에 대한 목표도 고등부친구가 페이스북을 통해 연결되어 이렇게 이루게 생겼으니 역시 온라인세계가 아니었다면 불가능했을 일이다.

내 눈 앞에 새로운 세계가 열리는 느낌을 받은 것은 블로그를 통해 온라인세계를 이전과 다르게 바라보게 된 때다. 이런 느낌은 이번이 네 번째다. 이전에 나에게 새로운 세계가 열리는 느낌을 받은 세 번의 큰 일이 있다. 결혼하고 신혼여행을 갔을 때 눈앞에 새로운 세계가 열리는 것이 느껴졌다. 다른 사람들은 어쩔지 모르겠는데 나는 분명하게 느꼈다. 그냥 느낌이라 뭐라 설명할 길이 없다.

그리고 두 번째 나에게 새로운 세계가 느껴진 것은 임신을 했을 때다. 임신을 하자마자 나는 '아, 또 다른 세계가 열린다'라는 느낌을 받았다.

세 번째 새로운 세계가 열린 건 아이를 출산하고 나서 또 다시 눈이 열리 듯 새로운 세계가 느껴졌다. 세 번째부터 지금까지 계속 그 세계에서 살고 있었다. 당시 2000년대 후반 가끔 서구 유럽이나 복지가 잘 돼 있는 나라들을 예를 들며 임산부정책 또는 아이들을 위한 여러 가지 시설들 그리고 편의 사항 버스에 탈 때 유모차나 장애인들을 위한 휠체어가 쉽게 탈 수 있도록 설계된 부분들을 많이 보여주었다. 그리고 한국의 현실과 비교를 해서 나는 사실 한국에 굉장히 많이 뒤쳐진 여전히 개발도상국이라는 마인드를 가지고 있었다. 사실 우리나라가 선진국으로 들어선 것은 꽤 됐는데도 말이다. 꽤 오랜 기간 세 번째 세상에서 살았는데 드디어 오래간만에 내 눈앞이 다시 열리는 느낌을 받았다. 네 번째!! 네 번째로 열린 새로운 세상은 줌을 이용해 온라인상에서 들을 수 있는 수많은 무료 정보들의 향연. 그러한 정보들을 일찍부터 활용해 강의하고 성과를 낸 사람들이 있고 또 강의를 열심히 들으며 인풋을 하고 나도 저렇게 결과물을 내야지 하는 꿈과 희망을 가지고 부지런히 노력하는 사람들로 채워져 있었다. 자신의 미래를 대비하기 위해. 좀 과장한다면 스티븐 스필버그가 만든 영화 'Ready Player One' 의 느낌? 마치 그 세계에서 오랫동안 살아온 사람들이 있고 나는 이제 막 그 세계에 고글을 쓰고 들어간 것 같다고나 할까.. 이제 메타버스시대에 나도 올라탄 것 같았다. 이 세계에서 나도 뭔가 도움이 되고 사람들이 필요로 하는 부분에 있어서 채워주고 싶다는 생각을 하게 되었다. 물론 궁극적인 목표와 꿈은 세계를 향해 있지만 우선 시작은 우리나라 엄마들의 소망인 아이들이 그리고 엄마자신이 영어를 잘하고 싶은 열망! 이것을 조금이라도 효율적으로 채워주고 싶었다. 나보다 잘 하는 사람들도 많지만 나만 할 수 있는 부분들도 있기 때문이다. 이것을 실현하는데 가장 중요한 사실은 지역의 제한을 받지 않는다는 것이다. 내 강의가 듣고 싶으면 제주에서도 포항에서도 들을 수 있는 것이다. 내가 가진 경험과 노하우를 필요로 하는 사람들과 나누고 엄마들도 발전할 수 있도록 돕고 싶다. 무엇보다 엄마들도 격려가 필요하고 칭찬이 필요하다.

4월에 드디어 나도 온라인 강의 데뷔를 하게 되었고 이후 더 정보를 얻기 원하는 분들은 내 단톡방으로 초대했다. 지역을 보니 정말 전국적 이다. 그리고 오래전에 만들어 놓은 카페를 활용해서 그곳에 여러가지 자료도 올리고 이 분들이 후에 진행하게 될 인증 시스템도 만들기로 했다.

우리나라 최고의 강연가중 한 분인 김미경 강사님은 유튜브에서 포스트 코로나를 대비해야 한다고 작년부터 계속 강조했다. 코로나 이

전의 세계와 코로나 이후의 세계는 완전히 다르다고. 원래는 5년 뒤쯤 와야 될 일이 5년 앞으로 확 당겨져서 왔다는 말씀을 하며 이것을 대비한 사람과 그렇지 않은 사람과의 격차는 점점 더 커질 거라고도 했다. 그분이 만든 MKYU는 작년 초까지 오프라인으로 진행된 작은 교육기관이었지만 1년이 되니 수십만 명이 온라인으로 강의를 들으며 자기개발을 하는 곳으로 거듭났다. 나도 며칠 전 열정대학생이 되었다. (감당할 수 있으려나…)

그렇게 염원하던 책을 내보리라 하던 꿈은 전자책이라는 새로운 형태로 세상에 내놓게 되었고 온라인 강의 데뷔도 해냈다. (어째서 기계?앞에서 나는 점점 더 작아지는지 하하) … 게다가 우리나라에서 글쓰기 좋아하는 분들이 글을 쓰는 플랫폼인 브런치에 전자책을 코칭 해주신 〈사이드 잡으로 월급만큼 버는 법〉의 작가 해피스완님이 글 한편만 올려보라고 계속 말씀 하셨는데 '내가 무슨 브런치를… 어떻게 내가..' 라며 피하다가 결국 한번 올려봤다. 말도 안 되는 일이 벌어졌다. 얼떨결에 브런치 작가라는 타이틀까지 얻게 된 것이다. 한나전이라는 전자책 쓰기 프로젝트는 마치 온라인세계에서 제대로 발붙이게 해준 친정 같은 느낌이었고 리더이신 클레오님과 해피스완님은 친정엄마? 같은 느낌으로 다가왔다. (이건 그분들은 모른다.) 네 번째 내 눈앞에 열린 이 세계에서 나는 차근차근 하나씩 끊임없이 도전하고 준비하고 있다.

올해 1월부터 시작한 메모법은 나를 매일매일 메모 하는 사람으로 만들었고 또 다이어리는 구글 캘린더에 쓰는 일정표와 네이버 메모에만 쓰던 나의 메모 습관을 포스트잇에 쓰고 3P바인더를 사용하기 시작했다. 이 모든 것은 눈으로 보이게 하기 위한 것이다. 다시 말해

눈에 보여야 움직이고 실행을 하게 만든다는 것이다. 매일 매일 나에게 주는 선언 메모 그리고 내 아들에게 주는 소통 메모 그리고 매일 매일 해야 될 To-do 리스트를 적기 시작했다 그리고 한 것은 지워나갔다. 더 커다란 포스트잇에 마치 드림 보드처럼 오래 내가 하고 싶은 것을 잔뜩 적어서 내 눈 앞에 벽에 붙였다. 이렇게 하니 아직 상반기가 다 지나지 않았는데 내가 이룬 것들이 벌써 네 가지나 되었다.

전자책 완성, 온라인에서 강의, 나만의 프로그램을 실행하는 것 그리고 브런치 작가까지! 심지어 종이책도 이렇게 내 이름이 실려 나오다니! 그럼 다섯 가지다! 나는 이 새로운 세계에서 새롭게 일을 펼쳐 나갈 준비를 차곡차곡 지속하고 있다. 코로나라는 위기는 나에게는 새로운 시작이고 더 큰 세상을 살아갈 준비를 하게 한 귀중한 사건이다.

모두에게 똑같이 닥친 어려움 속에서도 늘 기회는 있고 이것은 준비되어 있는 사람의 것이라는 것을 다시 한 번 깨닫는다. 나의 본격적인 변화는 고작 3~4개월의 기간이 걸렸을 뿐이다. 내 앞에는 앞서 가고 있는 분들이 추천한 책들이 어느새 산을 이루고 있고 나를 압박하고 있지만 이것은 행복한 스트레스다.

프로필

- 영어학원 운영과 교육 관련 20년차 워킹맘
- 크몽 전자책 〈엄마가 간다 미국유학〉
- 얼떨결에 글 한편으로 브런치 작가데뷔
- 매일 꿈을 꾸며 그 꿈을 이루기 위해 날마다 꿈틀거리며 살고 있음

안녕, 나의 가족

조은율

우리 가족은 '다육이'라 많이 불리는 다육식물을 키운다. 얼마 전에 다육이 잎 하나를 떼어내 다른 화분에 옮겨 심었다. 잎 하나 떨어진 다육이를 보니, 엉뚱한 생각이 들었다.

'갑자기 멀쩡한 잎 하나가 떨어져나갔으니, 얼마나 아팠을까?'

다육이에게는 정말 예상치도 못한 재앙이었을 것이다. 다육이의 모습이 코로나19로 힘들어하고 있는 우리 사회와 비슷하다는 생각이 문득 들었다.

우리 가족은 맞벌이를 하는 부모님과 1살 어린 남동생, 그리고 나, 이렇게 넷으로 이루어졌다. 부모님은 내 이야기를 귀 기울여 들어주고, 중학교 1학년인 동생은 또래 아이들보다 어른스럽고 착하다. 그래서 나는 이런 우리 가족이 정말 좋다. 하지만 슬프게도 우리가 함께 있는 시간은 그다지 많지 않았다.

나와 동생은 둘 다 중학생이라 학업 때문에 매우 바쁘다. 그리고 공무원인 부모님은 야근과 회식도 잦다. 그 때문에 우리 가족 사이에는 늘 알게 모르게 빈틈이 존재했다. 학업이 학생에게는 의무이기에 나와 내 동생이 바쁜 건 어쩔 수 없는 일이다. 하지만 아빠 엄마의 회식만큼은 이해하기 힘들어, 화가 난 적도 있었다. 특히 아빠가 자주 늦었다. 그래서 엄마가 화를 내 다툰 적도 여러 번 있었다. 그럴 때마다 우울하고 기분이 좋지 않았다.

그런데 코로나19 이후로 5인 이상 사적 모임 금지 등의 방역 정책으로 부모님의 회식이 거의 사라졌다. 게다가 온라인 수업이 실시되면서 내가 동생과 함께하는 시간도 늘어났다. 그렇게 우리는 더 많은 시간을 같이 보낼 수 있게 되었다. 부모님은 이제 회식을 집에서의 맥주 한두 캔과 야식으로 바꾸었다. 그리고 우리 남매와 함께 영화를 보거나 보드게임을 즐긴다. 집에서 술을 마시고 유쾌해진 부모님의 모습에, 나는 회식에 가는 이유도 조금은 이해할 수 있게 되었다.

가족들과 함께하는 저녁 시간은 정말 재미있다. 우리가 종종 사투리로 '막 주깬다'고 표현하는 아빠의 생뚱맞고 썰렁한 농담에, 우리 집 분위기는 더욱 화기애애해진다.

"자동차가 푸를 치면 뭔 줄 아나? 카푸치노~"

정말 흔한 아재개그였다. 어디선가 듣고 어설프게 따라하는 아빠의 모습이 너무 웃겨 한참을 웃었다. 그러나 재미있다고 웃은 건 나 혼자뿐이었다. 동생은 기가 막힌다는 눈으로 아빠를 바라보았다.

"카푸치노? 그게 왜?"

그 와중에 엄마는 그 농담이 무슨 뜻인지조차 이해하지 못해 어리둥절한 표정이었다. 그런 엄마의 표정은 우리를 또 한 번 웃게 만들었다. 그렇게 저녁 시간만 되면 우리 집에는 웃음이 넘친다.

사실 우리 아빠는 올해 1년 동안 처음 듣는 전라북도 '완주'라는 곳에서 장기교육을 받기로 되어있었다. 그런데 코로나19로 3월까지 집에서 온라인으로 수업 듣는 방식으로 바뀌더니, 결국 그건 4월까지 연장되었다. 이 대로라면 올해 상반기 내내 온라인 수업으로 대체될 것 같았다. 전국에서 선발된 교육생들과 직접 만나며 교류하고 싶어 했던 아빠는 많이 아쉬워했다. 반면, 나는 속으로 다행이라 여기며 안도했다. 아빠가 완주로 가면 집에는 셋만 남는다. 게다가 아빠는 학업이나 친구들에 관한 내 고민을 가장 솔직히 털어놓을 수 있는 사람이었다. 그래서 아빠가 정말 완주에 가게 되면 어떡할지 걱정이 이만저만이 아니었다. 그랬기에 그 교육이 온라인 수업으로 대체되어 오히려 잘 됐다는 생각이 든다.

아빠가 집에서 온라인으로 수업을 듣게 되자 우리 가족은 훨씬 편안해졌다. 우선 아빠가 전보다 집안일을 더 많이 하게 되었다. 또 나와 동생 중 한 명이 온라인 수업을 듣더라도 끼니를 굶거나 점심을 부실하게 먹는 일이 사라졌다. 작년에는 종종 점심으로 햄버거 같은 패스트푸드를 사먹었는데, 이제는 그러지 않게 되었다. 게다가 맞벌이로 어쩔 수 없이 생기는 가족 간의 빈틈을 아빠가 하루 종일 집에 머무르면서 메워주었다.

처음에는 같이 있는 시간이 길어져 서로에게 간섭하며 다투기도 했다. 그러나 시간이 조금 흐르자, 우리 가족은 많은 시간을 함께 보내며 서로를 더 잘 이해할 수 있게 되었다. 전부 코로나19 덕분이었다. 코로나19로 인한 온라인 수업과 하루 종일 마스크를 끼는 일은 아직도 힘들다. 그래도 이렇게 좋은 일도 있다는 사실을 알게 되었다.

대부분의 학생들이 아마 온라인 수업으로 많은 어려움을 겪고 있을 것이다. 나도 처음에는 집중도 잘 되지 않았다. 컴퓨터 화면만 보다보니 눈도 아프고, 두통도 생겨 힘들었다. 그래도 얼마 지나지 않아 온라인 수업에 적응할 수 있었다. 그리고 수업들 사이 작은 틈새에서, '나 혼자만의 시간'을 발견하게 되었다. 쉬는 시간에 같이 이야기할 친구가 옆에 없으니 할 게 없어, 생각 없이 멍하게 보내는 시간이 생겼다. 그 시간에 의도치 않게 나를 돌아보게 되었다.

나는 어렸을 때부터 다른 아이들보다 그림을 잘 그리지 못한다고 생각했다. 아주 어릴 때 미술시간에 펭귄을 그린 적이 있었다. 그때 내 그림을 본 친구가 이렇게 말했다.

"뭐 그려? 오리?"

"오리라니, 펭귄이거든!"

"뭐? 부리도 길쭉하고, 날개도 있고. 누가 봐도 오리잖아."

세상에, 정성들여 그린 펭귄을 보고 오리라니…… 황당하고 화가 났다. 그때부터 그림을 잘 그리지 않게 되었고, 자연스럽게 그림실력이 형편없어졌다. 그런 와중에 온라인 수업으로 집에 머무는 시간이 많이 생겼다. 심심하던 차에 공책에 낙서를 하다 내가 그림그리기에 흥미가 있다는 사실을 알게 되었다.

요즘은 '이비스'라는 핸드폰 어플로 그림을 그린다. 터치 몇 번이면 색칠이 되고 선을 그을 때 손 떨림까지 줄여줘 그림그리기가 한결 쉽다. 그림을 그릴수록 실력은 꾸준히 늘었다. 한 번은 아빠에게 내 그림을 보여주었다.

"오, 잘 그렸는데?"

아빠의 칭찬 한마디에 기분이 얼마나 좋았는지 모른다. 그렇다고 지금의 내가 그림을 썩 잘 그리지는 않는다. 그래도 가끔은 내가 그린 그림에 만족하거나 주변 사람들의 칭찬을 들으며 힐링하기도 한다. 게다가 머릿속을 비우고 그림을 그리는 것 자체만으로도 마음이 편안해진다. 학업이나 인간관계로 심경이 복잡하고 혼란스러울 때에 안정을 되찾는 방법을 찾아낸 것이다. 이렇듯 코로나19는 내게 생각할 시간을 주고 바쁘게 지나가는 하루의 휴식처가 되는 새로운 취미를 발견하게 해주었다.

중간고사까지 딱 한 달 정도 남은 4월초, 벌써부터 대부분의 학원이 학생들에게 시험대비 문제들을 나눠주고 학생들 사이에선 시험범위와 공부 등의 이야기가 자주 오간다. 많은 학생들이 시험 때문에 긴

장하고 있겠지만, 특히 올해 중학교 2학년 학생들은 이번 시험에 대한 부담이 매우 클 것이다. 작년에는 자유학년제라 시험 자체가 없었기에 이번이 첫 시험이기 때문이다. 뿐만 아니라 코로나19로 인한 온라인 수업으로 집중력이 흐려져 학습효율성이 훨씬 떨어졌을 게 뻔했다.

친구와 카톡을 하던 중, 시험에 대한 이야기가 나왔다.

–시험공부 잘 돼가?

–아니, 머리에 하나도 안 들어오는데? 뭔 소린지 이해부터가 안 돼ㅋㅋ

–아, 인정ㅋㅋ 이번 시험은 그냥 망한 듯..

–온클 할 때 딴 짓만 했는데 좀 열심히 들을 걸ㅜㅜ

온라인 수업 기간 동안 핸드폰을 보는 등 딴 짓을 하며 수업을 제대로 듣지 않은 학생은 분명 그 친구뿐만이 아닐 것이다. 그 때문에 올해 중2 학생들은 이번 시험이 불안하지 않을 수가 없다. 역시 중2인 나도 불안하기는 마찬가지다.

코로나19는 학업 외에도 우리 생활에 많은 영향을 주었다. 직장인들이나 학생들은 평일에는 거의 하루 종일 마스크를 끼고 있어야 하고, 친구들과 나가서 노는 일도 줄었다. 우리 가족은 작년 5월에 예정되어 있던 유럽여행까지도 취소해야 했다. 언제 해외에 갈 수 있을지 모른다는 사실이 지금도 정말 슬프다. 심지어 작년에는 많은 학생들이 기대했던 수학여행과 학교 축제까지 취소되었다. 우리학교는 2학년들이 수학여행 외에도 '교내캠핑'을 하는데, 한 선생님에게 그 행사가 생긴 후 처음으로 취소되었다는 이야기를 들었다.

"작년 2학년들은 진짜 불쌍한 애들이야."

선생님은 그 이야기를 하며 정말 안타까워했다. 우리 반 친구들은 올해에도 작년처럼 취소되어버릴까 봐 불안해했다. 어찌나 걱정했는지, 누군가는 교장선생님에게까지 부탁했다.

"선생님, 수학여행은 못 가더라도 교내캠핑은 하게 주시면 안 돼요?"

"글쎄…… 지금 상황이 좀 그런데, 이래가지고 할 수 있겠나."

"방역수칙 진짜 철저히 지킬게요!"

그 친구는 정말 간절해보였다. 그 간절한 마음만은 우리학교 2학년들 모두 같을 것이다.

코로나19는 정말이지 빨리 사라져야 할 악의 근원이다. 하지만 그럼에도 우리는 그 속에서 코로나19의 선물을 발견할 수 있다. 코로나19로 틀림없이 많은 피해를 입었음에도, 우리는 분명 적응해가고 있다.

다육이 잎꽂이를 하고 며칠 뒤, 다육이에 새로운 잎이 났다. 게다가 떼어낸 잎을 심은 곳에도 새잎이 났다.

"은율아, 이거 봐. 신기하지?"

식물에 관심이 많은 엄마는 꼭 마법이 다육이에게 깃들기라도 한 것마냥 기뻐했다. 나도 물론 놀랍기는 마찬가지였다. 이미 생명을 잃은 것 같아보이던 그 작은 잎이 생생하게 활기를 되찾은 것이다! 놀라웠다.

나중에 인터넷에 검색해보니, 식물은 세포 하나만 있어도 전체를 재생시킬 수 있다고 한다. 특히 다육이는 끈기도 강해, 식물 중에서도 재생능력이 강한 편에 속한다. 도마뱀이 꼬리가 잘려도 새 꼬리가 생겨나는 것, 그리고 우리 몸에 난 상처가 시간이 지나면서 아무는 것과 비슷하다는 생각이 들었다.

'와, 다육이가 이렇게 재생능력이 뛰어나구나. 우리가 코로나로 큰

상처를 입었지만, 언젠가 회복될 수 있지 않을까?'

나는 우리 인간들도 재앙을 이겨낼 수 있다고 생각한다. 우리는 분명 어떤 어려움도 다육이처럼 극복하고 다시금 회복할 수 있다.

프로필

- 근화여자중학교 2학년 재학 중
- 교내 독서토론 동아리 활동 중
- 독도글쓰기 대회 경북지역 2등
- 경주시 영어말하기 대회 동상 수상
- 문장아고라 수강 중

졸업

주 영 성

“딩동!” 초인종이 울렸다. “누구세요?” 나는 현관문을 열었다. 사람은 온데간데없고 택배 상자 하나가 문 앞에 덩그러니 놓여 있었다. 엄마 앞으로 온 택배였다. 엄마와 택배를 뜯어보니 꽃다발이 있었다. 꽃을 둘러싼 리본에는 ‘박사 졸업을 축하드립니다’라고 적혀 있었다.

꽃향기를 맡으려는 찰나, “카톡!” 알림 소리에 휴대폰을 꺼내 들었다. 지인에게서 온 기프티콘이었다. 학사모를 쓴 캐릭터가 그려진 메시지 카드에는 ‘대학 졸업 축하해’라고 쓰여 있었다. 나는 엄마에게 말했다. “엄마, 우리가 졸업하긴 했나 봐.” 휴대폰 화면이 페이드 아웃되자 씁쓸한 미소를 짓고 있는 내 얼굴이 비쳤다. 그날은 엄마와 나의 졸업식 날이었다.

올해는 우리 가족에게 특별한 한 해이다. 엄마와 내가 함께 졸업하기 때문이다. 엄마와 나에게 졸업은 큰 의미가 있었다. 엄마는 나와 동생을 키우느라 20년간 접어둔 박사 과정의 꿈을 드디어 이뤘고, 나는 가정에 보탬이 되기 위해 학업과 일을 병행하며 4년간의 학사 과정을 마쳤다. 어두운 긴 밤이 지난 뒤에야 자태를 드러내는 아침 해처럼 찬란한 졸업이었다.

나는 졸업식에 대한 환상이 있었다. 쌀쌀한 바람이 부는 2월의 학교, 꽃다발을 들고 나를 기다리는 가족들, 하늘 높이 올라가는 학사모

같은 걸 상상하곤 했다. 특히 졸업식에서 가족사진을 찍고 싶었다. 엄마, 할머니와 다 같이 팔짱을 끼고 한 컷, 동생과 학위증을 펼쳐 보이며 한 컷, 그런 따뜻한 사진을 찍을 수 있을 거라 기대했다. 졸업식이 취소되기 전까지는 말이다.

사실 어느 정도 예상하던 일이었다. 작년 여름, 졸업 사진 행사가 무산되는 걸 지켜보며 졸업식도 똑같은 전철을 밟으리라 생각했기 때문이다. 졸업 앨범도 없고 졸업식도 없는 졸업이었다. 친구들의 반응도 비슷했다. 다들 체념 섞인 한마디를 던질 뿐이었다. "뭐, 어쩔 수 없지." 세상이 변한 것이 실감 났다. 이제 졸업은 그냥 형식적인 절차에 불과하게 된 것 같은 느낌이 들었다.

어쩌면 나는 이미 오래전부터 깨닫고 있었을지도 모른다. 학교에 가지 않은 지 벌써 일 년이 넘었다. 강의실의 풍경도 학생 식당의 냄새도 희미했다. 운동장에 둘러앉아 친구들과 나누던 대화도 두리뭉실한 꿈속의 메아리처럼 느껴졌다.

허무한 감정의 파도가 나를 휩쓸고 지나갔다. 졸업식에 대한 환상이 모래알처럼 잘게 부서지는 것 같았다. '나는 그저 내가 있던 곳으로 다시 돌아가서 내가 사랑하는 사람들과 마침표를 찍고 싶었을 뿐인데…' 갑자기 눈가가 뜨거워졌다. 나의 졸업을 증명해주는 건 내 이름 석 자가 적힌 학위증 한 장과 학교에서 온 축하 메시지 한 통뿐이었다. 내 인생에 한 번뿐인 대학교 졸업은 그렇게 지나갔다.

그로부터 열흘 정도가 지난 어느 날, 느닷없이 엄마가 말했다. "영성아, 졸업 사진 같이 찍어야지?" 졸업 앨범도 없고 졸업식도 못 했는데 가족끼리 사진이라도 찍자는 이야기였다. "에이, 안 찍어도 괜찮아." 이미 졸업식에 대한 미련을 버렸던 나는 엄마의 말이 그리 달갑지 않았다. 졸업한 지 2주가 다 되어 가는 마당에 인제 와서 사진을 찍어봤자 별 의미가 없다고 생각했다. 택배로 받았던 꽃도 시들어 버린 뒤였다. 하지만 엄마는 달랐다. 엄마는 더 늦기 전에 함께 사진을 찍자고 했다. 졸업에 관한 건 잊어버리고 싶었는데 엄마 얼굴을 보니 마음이 약해졌다.

엄마는 나와 같은 처지였다. 엄마네 학교는 비대면으로 박사 과정 졸업식을 했다. 말이 졸업식이지 컴퓨터 앞에 앉아 졸업 영상을 보는 게 전부였다. 박사복도 없고 꽃다발도 없었다. 엄마는 애써 웃고 있었지만, 눈가에는 아쉬움이 가득해 보였다. 엄마가 지었던 표정을 떠올리니 마른 심지에 기름칠하는 기분이었다. 엄마를 위해서라도 졸업 사진을 찍어야 하나 망설이던 와중에 불을 지필 불씨 하나가 우연히 날아왔다.

교장 선생님으로 지내셨던 친척 어르신께서 졸업 사진을 찍으라고 용돈을 주신 것이다. 졸업은 인생에서 가장 의미 있는 일 중 하나이니 꼭 기념해야 한다는 말씀이었다. 게다가 어르신은 인증샷을 보내라는 특명까지 내리셨다. 어르신께서 엄마 편을 들자 엄마는 내심 기뻐하는 눈치였다. 엄마가 어르신을 끌어들여 작전을 펼친 게 아닌가 하는 의심이 들었다. 나는 그냥 속는 셈 치고 사진을 찍기로 했다. 그때는 알지 못했다. 어른의 말씀에는 다 뜻이 있다는 걸 말이다.

우선 사진관부터 찾았다. 졸업 시즌이 지났음에도 아직 꽤 많은 업체가 홍보에 열을 올리고 있었다. 그러나 비용이 만만치 않았다. 나와 엄마부터 동생과 할머니까지 가족 전부가 사진을 찍어야 했기 때문이다. 무엇보다 형식적인 사진들이 마음에 들지 않았다. 사진 속의 사람들은 죄다 똑같은 표정을 짓고 있었다. 보정도 강하게 되어 있어 옛날 공상과학영화의 특수효과처럼 어색했다. 어두운 배경에 검은 학사복을 입고 있으니 꼭 광활한 우주에 사람 얼굴이 떠다니는 것 같아서 우스꽝스러웠다. 내가 생각했던 졸업 사진과는 거리가 멀었다. 나는 몇몇 업체의 사진을 골라서 엄마에게 보여줬다. "엄마, 사진관이 영 별로인데." 엄마도 사진을 보더니 웃음을 빵 터뜨렸다. "그럼, 집에서 찍는 건 어때?" 일상처럼 자연스럽게 찍자는 이야기였다. 이번에는 피식하고 내 쪽에서 헛웃음이 나왔다. "카메라도 없고 조명도 부족해서 안 돼." 영화학도가 내린 현실적인 판단이었다. 엄마는 고민하더니 뭔가 생각났다는 듯 말했다. "영윤이가 찍으면?" 나는 감탄사를 내뱉었다. "아아!" 역시 등잔 밑이 어두운 법이다. 해결책이 너무나도 가까이에 있었다.

내 동생, 영윤이는 어릴 적부터 카메라를 좋아했다. 명절에 친척들이 모일 때도 늘 동생만큼은 사진을 찍느라 바빠서 과일 한 조각 먹을 새가 없었다. 실력도 출중해서 작년에는 학교 선배들의 졸업 사진을 찍어주기도 했다. 나는 바로 동생에게 전화를 걸었다. 동생은 나의 부탁을 흔쾌히 들어주었다. "엄마랑 형이 같이 졸업하는데 당연히 찍어줘야지." 지방에서 공부하고 있는 동생은 바로 기차표를 끊어서 올라오겠다고 했다. 나는 동생에게 용돈을 보내며 고맙다고 말했다. 어리다고만 생각했던 동생이 그새 어른이 된 것 같아서 자랑스러웠다.

첫 단추가 잘 끼워지니 모든 일이 일사천리로 진행되었다. 인터넷에서 학사복, 학사모를 대여했는데 무슨 로켓으로 택배를 보내는지 반나절 만에 도착했고 고향에 계신 할머니도 졸업 사진 이야기를 들으시더니 당장 내일 오시겠다고 했다. 그렇게 단 이틀 만에 촬영 준비가 끝났다. 오랜만에 가족이 전부 모인다니 들뜨는 마음을 숨길 수 없었다. 물거품이 된 줄 알았던 나의 졸업이 내 심장 가까이 보그르르 올라오고 있었다.

“딩동!” 초인종 소리에 이어 문밖에서 왁자지껄한 소리가 들렸다. 여느 때와 다르게 나는 달려가서 현관문을 열었다. 할머니와 동생이 있었다. 할머니가 내게 꽃다발을 건네며 말씀하셨다. “우리 장손, 졸업 축하해.” 은은한 향기가 나는 핑크빛 꽃다발이었다. 할머니는 촬영을 의식하셨는지 미용실에서 드라이도 하고 분도 칠하고 오신 것 같았다. 할머니의 얼굴이 참 고왔다. 나는 할머니를 꼭 안아 드렸다. 큰 카메라 가방을 메고 온 동생도 내게 안부를 물었다. “형, 졸업하니까 어때?” 동생도 내년에 졸업할 예정이라 그런지 내 기분이 궁금한 모양이었다. 나는 동생의 어깨를 두드리며 말했다. “똑같지, 뭐.” 엄마도 현관으로 나와 할머니와 동생을 반겼다. “아이고, 모자가 졸업을 같이하네. 경사야, 경사!” 할머니는 손뼉을 치며 기뻐하셨다. 그간 조용했던 집이 순식간에 시끌벅적해졌다.

우리 가족은 본격적으로 촬영에 들어갔다. 우선 촬영 장소를 거실로 정했다. 공간도 제일 넓을뿐더러 흰색 커튼을 쭉 쳐서 창을 가리니까 웬만한 스튜디오가 부럽지 않았다. 긴 테이블을 치우고 흰 의자 두 개를 놓았다. 형광등을 기본 조명으로 쓰고 부족한 빛은 스탠드 조명으로 채웠다. 커튼 뒤에서 들어오는 일광도 있으니 나름의 삼점 조명이었다. 동생은 삼각대를 펼쳐 앵글을 잡더니 만족한 듯 오케이 사인을 보내왔다.

다음은 주인공들의 차례였다. 엄마가 박스 두 개를 들고 왔다. 큰 박스에는 옷, 작은 박스에는 모자가 있었다. 그런데 자세히 보니 디자인이 달랐다. 학사복은 검정 가운 하나가 전부인 반면 박사복은 화려한 후드도 있고 모자의 술도 번쩍번쩍한 금빛이었다. “역시 박사는 다르네!" 나도 더 공부해서 저 옷을 입고 싶다는 생각이 들었다. 나는 엄마에게 박사복을 건네주고 학사복을 입을 준비를 했다.

갑자기 엄마가 할머니를 불렀다. "여기, 앉아 보세요." 그러더니 엄마는 자신이 입어야 할 박사복을 할머니에게 입혀 드리기 시작했다. 후드도 둘러 드리고 박사모도 씌워 드렸다. 할머니가 말했다. "우리 딸 덕분에 박사복을 다 입어보네." 할머니의 눈시울이 붉어지는 걸 보니 나도 눈물이 날 것 같았다. 영화 속의 한 장면처럼 아름다운 순간이었다. 엄마는 할머니의 옷맵시를 고치며 말했다. "원래, 졸업하면 부모님 먼저 입혀 드리는 거야." 엄마가 졸업 사진을 찍고 싶어 했던 진짜 이유를 알 것 같았다. 어려운 형편에도 엄마의 꿈을 지지해줬던 할머니에게 감사를 전하고 싶었던 것이다. 엄마의 마음을 알게 된 나는 학사복을 벗는 시늉을 하며 말했다. "그럼, 엄마가 내 학사복 입을래?" "엄마는 박사인데 학사복을 왜 입니!" 모자의 만담에 할머니와 동생이 크게 웃었다. "참나, 나도 나중에 박사 졸업해서 박사복 입혀 줄게!" 어쩌다가 또 하나의 목표가 생긴 순간이었다.

이제 셔터를 누르는 일만이 남아 있었다. 동생은 카메라의 뷰파인더를 바라보며 가족들의 위치를 잡아줬다. 엄마와 할머니가 의자에 앉아 꽃다발을 들었다. 나는 차렷 자세로 엄마 뒤에 섰다. 내 손동작이 어색해 보였는지 동생이 말했다. "형, 엄마 어깨에 손 올려 봐." 나는 동생의 말대로 엄마 어깨에 손을 올렸다. 마치 돌덩이처럼 딱딱했다. 엄마의 고생이 맞닿은 피부를 통해 전해져 오는 것 같았다. 나는 깨달았다. 엄마라는 디딤돌이 있었기에 비로소 지금 내가 이 자리에 서 있을 수 있는 거라고. 그리고 나는 결심했다. 앞으로는 내가 엄마의 버팀목이 되어 주겠다고. 나는 엄마에게 말했다. "엄마, 졸업 축하해. 그리고 고마워.” 엄마도 웃으며 말했다. “엄마도 고마워, 졸업 축하해.” 벌써 여름이 온 것처럼 온화한 공기가 우리 가족을 맴돌고 있었다.

“자, 찍을게요!” 동생이 타이머 버튼을 누르고 재빨리 할머니 옆으로 뛰어왔다. 붉은빛의 타이머가 깜빡거렸다. 일 초, 일 초 흘러가는 틈을 타 나는 학사모를 벗어서 동생에게 건넸다. 동생은 당황한 듯 서둘러 학사모를 썼다. 형으로서 내년에 졸업할 동생에게 주는 선물이었다. 나는 카메라 렌즈를 향해 외쳤다. “김치!” 환한 미소가 꽃을 피우자마자 경쾌한 셔터음이 집 안에 울려 퍼졌다. “찰칵!”

그날 나는 세상에서 가장 멋진 졸업을 맞이했다. 성대한 졸업식은 아니었지만, 나의 환상은 현실로 이루어졌다. 가족과 예쁜 꽃다발을 들고 밝게 웃으며 사진을 찍었다. 엄마는 할머니에게 박사복을 입혀드리며 감사를 전했고, 나는 동생에게 학사모를 씌워주며 차례를 넘겼다. 졸업식보다 중요한 것은 사람이었다. 나의 졸업을 축하해주고 나의 인생을 응원해주는, 내가 사랑하는 사람들이었다.

나는 이제 새로운 출발을 하려고 한다. 사람과 멀어지며 삶의 의미를 잃어갔던 나를 졸업하고, 사람을 발견하며 삶의 의미를 찾아가는 사람으로서 말이다.

프로필

• 국민대학교 대학원에서 영화방송학을 전공하고 있으며 톡톡 튀는 기획력으로 글, 영상, 디자인 등 다양한 영역에서 대중문화 콘텐츠를 제작하고 있다. 카카오 이모티콘 작가로도 활동하고 있으며 서울시교육청에서 이모티콘 기획을 강의하고 있다. 사람들에게 감동과 재미를 선사하는 스토리텔러를 꿈꾼다.

아가 우리 걷자

최 유 진

아가, 우리 걷자
가끔, 흔들려도 괜찮단다

이제 막 걷기를 시작한
아기처럼

한 발 한 발 꾹꾹 눌러볼까
걷는 거야 자판 위를

옳지 잘한다
우리 아가 검지 아가

너무 멋있어
우리 아가 내 새끼
미안하다 고맙다

잘하는 구석 하나 없는
너를 내가 미워했다

용서하렴
못난 나를

왼손 네가
그런 게 아니야

오른팔의 비명을
모른 체했던 내 잘못이지

미안해 정말 미안해

나는 없어

발레를 멈춘 사람은 더 이상
발레리나라 불리지 않지.

나도 그래
자판 위에서
발레를, 피겨를, 선율을 멈춘 나

어찌 작가이며
올바른 나일 수 있겠어.

손끝의 호흡이 다 했는데
어찌 살아 있다 말할까

내가 아닌 거야
그건 내가

나의 간절함을
간단히 해석하지 마 제발

손끝으로 말하는 나는 살아 있음을 느끼는 난
이제야 날 알아가는 걸.

미안해 우리 딸

혼자 힘으론 일어설 수도
앉을 수도 없는 우리 딸

꿈을 꿀 때 가장 빛나는
엄마가 미안해 우리 딸

창살 없는 감옥을 살며 알았단다.
우리 딸의 답답함

앉혀주면 앉혀준 대로
눕혀주면 눕혀준 대로

그 자리가 세상의 전부인 우리 딸
미안하고 고마워
그리고 대단해
우리 딸

엄마의 갑작스런 고백에 눈물이 핑 돌았지만
안 그런 척 애꿎은 노트북만
"글 쓰잖아 글 있잖아요"

미안해 말아요.

나한테
속상해 말아요
나한테

작가는
엄마 아니었음
못 꿨을 꿈

내겐 환한
전구 같은 울 엄마

이해해줘서 고마워요
그렇게 원래 살았는데

세삼 받은 이해로
이제 됐다 싶었던
바로 그 날.

프로필

- 지체 장애 1급으로 태어나 어려운 시기를 보내던 때에 나에게 힘이 되어준 건 책이었고 중학교 1학년에 들어서 진로에 대해 고민하던 중 작가를 꿈꾸게 되었으며 현재는 경희사이버 대학교 문예창작과 2학년에 재학중이다.

나는 당신의 모든 말을 이해한다

홍수정

나는 23년을 한국에서 살았고 25년을 미국에서 살고 있다. 이 시점이 한국어는 까먹어 가고 영어는 안 늘고 있는 소위 말하는 이민자의 어눌한 언어의 시간이라고 할 수 있다. 처음 대학을 막 졸업하고 와서 이민자의 삶을 살고 계시던 교포 1세들이 사용하는 이중 언어의 삶을 보면서 저 분들은 한국어로 생각을 하실까. 영어로생각을 하실까 궁금해 하던 이십대의 내가 생각난다. 어느새 그 고단한 이민의 삶을 나도 살아 가고 있다.

요즘의 언어는 각자 갖고 있는 지식의 척도로 보이거나 입시, 취업 그리고 승진의 수단과 도구로 쓰이는 시대를 살고 있지만, 언어 본래의 목적은 사람을 이해하는 도구이다. "말을 해야 알아 듣지" 라는 문장처럼 누군가는 말을 하거나 글을 써야 각자 마음속 이야기를 이해할 수 있다.

어릴적 나는 항상 무언가 좀 특이한 언어 구조를 가진 사람 취급을 받았다.

"너는 말을 어렵게 해."

"학생은 좀 더 명료하게 말 할 필요가 있어요."

내 언어를 이해 받지 못한다는 답답함. 내 글을 이해 못 시키는 답답함. 그래서 처음 만나거나 나를 잘 모르는 분들께는 항상 먼저 선수를 치면서 양해를 구했다.

"제가 좀 어렵고 까다롭게 말해도 이해해주세요."

그게 변명이 될 수 없다는 걸 유학 와서 깨달았다. 내가 말을 제대로 안하면 손해를 많이 본다는 사실이 뼈아프게 교훈이 되어서 첫 한 학기는 거의 유령 학생 취급을 받았다. 알아도 말을 못하는 나를 누가 안다고 생각을 할까. 단순한 영어 문장을 못해서가 아니라 내 머릿속은 조금 더 복잡하게 영어를 하고 싶다는 허영심으로 간단하게 말하기를 거부하기 시작했다. 그리고는 한 학기를 말 못하는 한국 여학생으로 살았다.

나의 삶에서 영어와 한국어의 차이는 영어는 살기 위한 수단 언어이고 일을 하기 위한 도구이며 나의 2세 아이들을 위한 명령어와 지시어이다. 그에 비해 한국어는 한국에 있는 가족과 친척, 그리고 어릴때 친구들 추억을 나누는 사람들과의 감정의 언어이다. 특수교육, 직업, 육아, 등의 이야기는 영어가 편하고 맛있는 반찬, 외할머니, 대학시절의 추억은 한국어가 편하다. 가끔 두가지 상황이나 이야기가 겹치면 머릿속에 오류가 발생하기도 하지만, 대체적으로 교통정리가 빠른 편이다.

남편은 중학교 때 이민온 교포지만, 남편과는 한국어가 편하고 내가 낳은 자식이나, 사춘기를

지나고 있는 아이들과는 영어가 편하다. 꿈은 어느 언어로 꾸냐는 질문을 종종 받곤 하는데 엄마나 한국 가족, 친척들이 등장하는 꿈은 한국어로 꾸고 학교, 직장, 나의 아이들이 나오는 꿈은 영어로 꾼다.

'내가 널 이해한다. 너의 모든 말을 이해한다.'

과연 세상에 완벽하게 내가 '아'라고 말했을때 같이 똑같은 온도와 감정으로 '아'라고 이해할

수 있는 사람이 있을까 .이 말은 인간은 처음부터 혼자이고 누구도 서로의 언어를 100% 이해 못한다는 전제이다. 혼자서 이해받지 못하

는 세상을 씩씩하게 살아 나가야 한다.

그러나 '너의 모든 말을 이해한다' 라고 상대가 내게 말해줄 '나'를 만들어야 하는 게 정답인 것 같다.

내가 하고 싶은 말. 그게 어느 언어이든지 나를 표현하고 나를 이해시킬 언어를 좀 더 정확하게 구체적으로 그리고 명료하게 이해시킬 언어체계를 만들어 나가는게 언어 능력이 되는 거라고 본다.

어려운 수학 공식처럼 말해 놓고는 나를 이해하지 못한다고 절망하는 시기도 있었다. 중학교 시절에 처음 교내 문집에 쓴 글에 보면 '기본적으로 나는 내 글을 좋아한다' 라고 시작한다. 얼마나 대단한 자존감 아닌가.

지금은 페이스북이나 인스타그램에 올린 글 한 줄도 마음에 안 들어서 전전긍긍하고 이메일이나 카톡에 답장을 쓰고도 '이걸 글이라고?' 라고 스스로 한심하게 생각할때가 더 많다. 그때의 글은 나 혼자 보고 나 혼자 이해하는 자기 만족의 글이어서 누가 본다고 생각도 해 본적이 없는 글들이었다.이 지역에서 오래 살다 보니 때때로 법정 통역을 부탁 받거나 파트 타임으로 일을 들어오는 경우도 있다. 살고 있는 지역이 워낙 한인이 적은 동네이어서 정식 통역사로 등록 되어 있는 사람들의 숫자도 적어서 이겠지만, 학교 통역은 아무래도 경험자가 하는 경우가 많다. 그때는 항상 '나는 당신의 모든 말을 이해하고 정확히 사실만을 통역하고 도움을 드릴 것입니다' 라고 서약을 하고 시작한다.

내 감정이나 사심없이 상대의 언어만을 옮겨야 하는 상황이다. 그것이 때로는 내 지식이나 내 상식하고 다른 문제가 발생해도 책임의 문제이기 때문에 '이해한다' 라는 말보다는 당신의 한국어를 영어로 바꾸어서 표현한다. 물론 요즘은 구글이나 번역기의 도움으로 '나는 당신의 모든 말을 이해하고 도움을 줄 수 있습니다' 라고 생각한다. 가끔

학교나 병원 또는 보험의 경우 번역기를 많이 쓰고 있지만, 교육적인 회의나 보험 통역이나 법정 통역의 경우 사람을 써야 한다는 일반적인 제약이 있다. 이런 통역의 경우는 이해의 언어가 아닌 수단의 언어로 사용된다.

2020년 3월, 아무렇지 않게 출근을 하고 깔깔 거리고 웃고 이야기 하다가 집으로 가는 길에 오늘부터 학교가 문을 닫고 내일 부터는 집에서 나오지 말라는 통보를 받고 마치 하루 사이에 모든 세상이 변한 것처럼 통행금지가 생기고 갈 수 없는 곳들이 생기고 공원과 학교 주변으로 노란 접근금지 사인이 붙고 그 속에서 외부와의 단절과 소통의 단절. 하루 하루가 답답하고 불안했다. 자고 일어나면 꿈처럼 어느 순간에 없어질거야. 라고 기대 하면서 잠을 이루었고 그 꿈은 이루어 지지 않았다. 항상 꿈이란게 그러하듯이.

그러다가 하루에 두시간씩 걷기 시작한 나를 발견하게 되었다. '좀머씨 이야기' 에 나오는 이상한 좀머씨 처럼 산으로 들로 긴 지팡이 대신 선글라스에 마스크를 쓴채 휘청 휘청 걷고 또 걸었다. 전에는 눈만 마주쳐도 인사를 반갑게 하던 모르는 사람들과는 눈도 안 마주치려 노력하고 2미터 이상의 간격을 두면서 서로 경계하고 지나가야 했다. 말은 더 이상 불필요한 수단이었고 그 와중에 텍스트나 이메일 역시 바이러스라도 묻어올까 조심했어야 했다. 실제로 외부 메일과 학교 메일이 통째로 해킹 당한적도 있고 은행 정보도 한번 해킹 당했던 일이 있어서 더욱 조심했어야 했다.

처음 유학 왔을때의 방어적이고 언어 소통의 문제가 있던 그때의 나처럼 남들이 무서워지고 정신적 공포는 하루 하루를 병들게 했다. 말할 수 있는 사람이 없었다. 이미 커버린 내가 '무섭다'라고 말한다고 나를 이해해 줄 사람이 없었다. 내 언어를 , 공포를 이해해 줄 사람도 없었다. 아무렇지도 않게 다니던 마켓과 쇼핑몰도 문을 닫았고 사람들은 더욱 집에서만 있어야 한다고 교육을 받았다. 몇명 이상의 모임을 금지했고 교회와 종교 모임도 문을 닫았다. 그 안에서 갇혀 있다는 폐쇄 공포까지 느낄 정도로 마음은 답답해 지던 날들이 계속되던 날들 속에서 새롭게 내 마음을 다른 방향으로 열어야 한다는 하나의 탈출구를 찾아야 했다.

오래전 친구들과 SNS로 연락하고 Zoom으로 소통하고 새로운 방법의 소통 방법을 찾아내기 시작했다. 막연히 답답해 하는 나의 언어를 글로 정리하고 일기를 쓰기 시작하고 나의 머릿속 언어도 정리를 하기 시작했다.

어느 날, 멀리서 찾게 된 오래된 내 은사는 이렇게 막혀 있는 언어의 장벽을 넘어서 활발하게 활동하고 계셨고, 이미 사회적 단절과 거리감을 두고 살아온 내가 막연히 생각했던 모든 일들을 해 내고 계셨다. 사실은 소통의 단절에서 오는 이해 받지 못함이 더 힘든 제약이 아니었을까 싶다.

모르는 상대방에게 위로를 받기 시작하였고 새로운 사람들, 새로운 주제에 대해서 새로운 관심이 생기면서 나는 활기를 찾기 시작하고 공부하고 있다. 작년 일년이 아무것도 못하고 허비된 시간이라고 여기는 사람들이 많겠지만, 나는 그 속에서 새로운 의미와 새로운 사람들과의 인연을 시작하게 되었고 비록 어느 쪽 언어도 완벽하거나 능숙하지 못해도 나 자신을 표현하고 스스로에게 자신감 있었던 중학생의 모습으로 글을 다시 쓰게 되었다.

이제는 나만 좋아하고 이해하는 언어가 아닌 상대방의 이해와 관심을 받을 수 있는 글을 쓰고자 노력한다. 소통의 단절은 맡은 일에서도 자신감이 없어지고 손 내밀어 항상 끌어 안고 이뻐해주던 아이들에게 화면 속에서 내 언어는 그 아이들에게는 지나가는 공사장 소리처럼 허공을 맴돌다 끝나고 아이들도 나도 지쳐 가는 중에 하나의 방법으로 아이들 집 앞으로 가서 노래도 불러주고 창밖에서 가위바위보도 하면서 아직도 우리는 이어져 있다고 느끼게 해주고 싶었다. 아이들을 만나거나 볼을 부벼 댈수 없는 대신 화면 안에서 더 웃게 해주고 더 많은 이야기를 들어 주고 부모들과 일상 이야기를 나누면서도 영상 수업을 계속 매일 매일 지켜 나가고 모든 시청각 자료를 손으로 만들어 내어서 아이들이 손에 익도록 매주 배달을 했다. 다시 다른언어로 소통이 이어지고 있음을 느끼고 있다. '우리 아이들은 나의 감정을 이해한다 '라는 확신으로 일을 하고 있다.

아이들과 항상 교실에서 하던 학습을 그들의 가정으로 주어진 공간으로 확대하면서 그 안에서

새로운 환경의 즐거움과 제약이 아닌 다양성을 더 넓게 가져가면서 생활하고 있다. 비대면 교육이라고 하지만 사실은 더 넓은 대면 교육이 아닐지. 평소에는 교실에서 함께 볼 수 없었던 부모님, 형제까지도 넓게 확대된 교육의 장을 열고 있고 때론 제약 받지 않은 장소에서 나는 내 방안에서 우리 아이들은 그들의 거실까지도 확대된 교실이라고 생각하면 더 넓고 다양한 경험을 같이 한다고 생각할 수 있다.

재미있는 사실중 하나는 온라인 수업이 계속되면서 학생들의 학습능력은 더 향상 되었다는 보고가 있었다. 이건 아이들이 오히려 1:1 으로 관심을 더 받으면서 학습을 했다고 볼 수 있다. 물론 특수교육의 경우 좀 다른 수치를 내고 있지만, 그래도 우려했던 것 보다는 아이들은 잘 적응하고 또 다른 학습 형태를 받아 들였다. 나 역시 또 다른 형태의 교수방법을 익히고 테크날리지를 익혀서 다른 형태로 익숙해 지고 더 발전하고 있다. 아이들보다 조금은 느린 반응이어도 그래도 변화하

고 있다. 인간은 적응하는 존재라고 생각한다. 그렇다면 언어와 이해의 관계도 이렇게 변하는 시대속에서 다른 방식의 소통과 이해를 요구한다고 느껴진다. 갇혀 있는 것 처럼 보이는 이 시기에도 우리는 또 다른 방식으로 발전하고 변화하고 있다.

어느날 드디어 누군가 내게 "당신의 모든 말과 글이 쉽게 이해가 됩니다" 라고 말해준다면 참으로 기쁠 것 같다. 드디어 내가 남에게 이해받을 수 있게 한국어든지, 영어든지 어느 언어든 이해 받을 수 있는 말을 하고 있다는 증거일테니까.

"나는 당신에게 내 모든 말을 이해받고 싶습니다."

프로필

- 성균관대학교 사회복지학과 졸업
- 뉴욕 다울링 칼리지 특수교육 대학원 졸업
- 소노마 카운티 한국 학교 교장 역임
- 캘리포니아 페탈루마 시티 스쿨 유아 특수교원

강만수 고정욱 오만환
재성 강만수 고정욱 오
환 허재성 강만수 고정
오만환 허재성 강만수
정욱 오만환 허재성 강
수 고정욱 오만환 허재
강만수 고정욱 오만환
재성 강만수 고정욱 오
환 허재성 강만수 고정
오만환 허재성 강만수
정욱 오만환 허재성 강
수 고정욱 오만환 허재

초대문인

강만수
고정욱
오만환
허재성

초대문인 코너

팬데믹

강 만 수

10일에 900달러를 환전소에서 바꿨다
스페인 행 비행기는 며칠에 있나요?
21일에 910달러를 환전소에서 바꿨다
뉴욕 행 비행기는 몇 시에 있나요?
9일에 920달러를 환전소에서 바꿨다
파리 행 비행기는 며칠에 있나요?
23일에 930달러를 환전소에서 바꿨다
모스크바 행 비행기는 몇 시에 있나요?
8일에 940달러를 환전소에서 바꿨다
마닐라 행 비행기는 며칠에 있나요?
25일에 950달러를 환전소에서 바꿨다
방콕 행 비행기는 몇 시에 있나요?
7일에 960달러를 환전소에서 바꿨다
자카르타 행 비행기는 며칠에 있나요?
27일에 970달러를 환전소에서 바꿨다
런던 행 비행기는 몇 시에 있나요?
5일에 980달러를 환전소에서 바꿨다
쿠알라룸프르 행 비행기는 며칠에 있나요?

29일에 990달러를 환전소에서 바꿨다
터키 행 비행기는 몇 시에 있나요?
A를 수없이 떠나보내며 너는 눈물을 흘렸다
요즘은 눈물을 흘릴 일이 없다
바이러스 팬데믹으로 인해

사회적 거리

떡집과 발자국 사이 거리는 2미터
노랑전원과 파랑정원 사이
얼었다와 녹았다 사이 거리는 2미터
신설동과 안암동 사이
여자와 남자 사이 거리는 2미터
남자와 여자 사이 거리
민들레와 목련 사이 거리도 2미터
문과 문 사이 거리
공포와 공포 사이 거리도 2미터
문 안과 문 밖 사이 거리
표정과 표정 사이 거리는 2미터
느낌표와 느낌표 사이 거리
마침표와 마침표 사이 거리는 2미터
3월과 4월 사이 거리
왼쪽구두끈과 오른쪽구두끈 사인 2미터
막소주와 병맥주 사이
이상야릇한 웃음과 꽃집 거리는 2미터
죽은 별과 그 모든 별 사이 거리
요즘 우리 사회는 2미터로 아침을 시작해
24시간을 2미터로 마감한다.

손님구함

직원구함이 아닌
손님구함 광고가 눈에 꽂혔다

혹시나 해서 다시 한 번
더 살펴봤지만

돼지갈비 식당 문엔
큰 글씨로 손님구함이라고 써 붙여 놨다

손님구함 손님구함 손님구함
속으로 되뇌다보니
피바다가 보인다

경제 대공황에 가깝다고 하더니
먼 곳이 아닌 가까운 곳에서

비명소리가 들린다

吉安에서

청송에서 길안을 가다
그곳 초입에서 빨간 사과 3만원어치를 샀다
시간은 오후 17시 40분을 지나고 있었다
근처 적당한 식당에서
한 끼를 해결하고 서울 행 고속도로에 올라야 했다
사과를 내게 팔았던 30대 총각에게 물었다
인근 맛집을 소개해 달라고 부탁했더니
그는 주저함 없이
태광식당에서 골부리국을 먹으라고 권했다
골부리국이 무어냐고 되물으니
다른 지역에선 올갱이국이라고도 부른다며 말했다
길안당구장과 연다방을 천천히 지나가다
사십대 쯤 되어 보이는 아줌마가 문을 열고 내다본
바다가 전혀 보이지 않는 바다횟집 옆에는 태광식당이 있었다
메뉴는 골부리국과 잡어매운탕
그리고 골부리된장찌개와 된장찌개가 있었다
나는 식당할머니에게 그곳을 자주 찾는 단골처럼
지상에서 가장 편안한 자세로 앉아
골부리국을 바로 주문했다
음식이 나오기를 기다리며
이곳 길안에서 택시를 잡기 위해 애썼던 여행자에 대해

「길안에서 택시잡기」란 제목으로 시를 쓴
젊은 장정일의 시가 문득 떠올라
식탁 앞에서 청강과 마주한 채
낮은 목소리로 길안에서란 시를 읊조렸다
그가 썼던 것처럼 길안은 시골이다
나는 골목길에서 어스름 빛을 받아들이며
1식 4찬의 저녁을 느긋하게 하려고 한다
길안에서 택시를 기다리던 여행자는
길안에서 택시에 올라타
그가 원하는 장소에 갈 수 있었던 걸까
길안에서 골부리국을 씹어 넘기다
그는 모든 지역에서 택시를 탈 수 있었다고 했는데
과연 길안에선 택시에 오를 수 있었던 건지
갑자기 지나간 시간 속으로 되돌아가
길안면 어디쯤인가에서
택시를 타기 위해 서 있는 사내를 만나고 싶다
지금 이 시간 식당으로 그를 불러내
얼큰한 잡어매운탕을 안주 삼아
걸쭉한 막걸리 혹은 맑고 투명한 소주라도 한잔 나누고 싶다
하지만 현실에선 불가능한 일이었으므로
나는 길안에서 택시를 오랫동안 기다리는 여행자에 대해 쓴

그의 시를 더듬더듬 낭송하는 것 외엔 다른 방법이 없었다
궁벽한 이곳에서 택시를 부르거나
길가에서 기다릴 일이 없는 붉은 해가 지고 있다
그렇게 된장찌개 냄새가 코끝을 찌르는
이곳의 시간도 흐르고 있다
어둠이 다가오고 있다 내 흐릿한 기억을 더듬어
시를 읊다 읊조리길 멈추기를 거듭 반복해
「길안에서 택시잡기」를 다시 또 낭송했다
그는 길안에서 혼자였지만 내 곁엔 벗이 있다
그런 연유로 딱히 외로울 일도 없건만
오래된 골목길이 내 눈 안으로 쓰윽 들어오는
길안이라고 말하면 뭉클한 그 어떤 것들을 뛰어 넘어
내겐 어둡고 불편한 그림자처럼 고독이 다가왔다
길안엔 가지도 않고 시인은 무전여행자의 삶을 소재로
「길안에서 택시 잡기」를 타자기 종이를 여러 번 갈아 끼워
퇴고를 거듭하면서 하얗게 밤을 밝히고 있다
그러다 부스스한 아침을 맞아 세수를 하려고 한다
현실은 무엇이고 비현실적인 삶은 무엇인지
시인을 몽상가 혹은 그 무엇이라고 표현해야 할까
골부리국을 맛있게 먹은 뒤 식당을 나와
길안에서 택시를 잡을 일이 없어 택시를 잡지 않고

백색 박하사탕을 닮은 순결한 언어를 아드득 씹으며
우리 둘은 망설임 없이 검정색 코란도 승용차에 올라 서울로 향했다
푸르고 붉게 빛나는 달빛을 가르며 도로를 내달렸다

*吉安 : 경상북도 안동 지역의 면소재지이며 그곳의 옛 지명이다.

프로필

- 월간 『현대시』(1992) 계간 『문예중앙』(1996)으로 작품 활동을 시작함.
- 『한국시문학상』(2013) 『바움문학상작품상』(2015) 『계간 연인 특별작가상』(2020) 수상
- 현재 『고려 문화』 편집위원 및 휴먼 인 러브 재단 글로벌 콘텐츠 자문위원장
- 시집: 『나는 보르헤스를 모른다』(2019) 『시간자동 인출기』(2019) 외 20여 권이 있음.

어린이가 미래다

고 정 욱

“이런 축제라면 곧 없어지고 말 겁니다.”

지방의 모 축제 기획회의에 참가한 나는 참다못해 결연히 말하고 말았다. 담당자가 당황하며 조심스럽게 물었다.

“무슨 말씀이십니까?”

“어린이를 위한 프로그램이 하나도 없잖습니까? 부스도 어른용이고, 부모 따라온 아이들 보호시설이나 놀이시설도 눈을 씻고 봐도 없고.”

관계자들은 미처 생각 못했다는 듯 서로의 얼굴을 마주 보았다.

“아니, 이건 토산품 판매축제인데 애들이 뭐 먹을 게 있을까요?”

“어린이들이 부모 따라와서 어른들 잔치에 개밥에 도토리처럼 떠돌다 가면 이 축제는 단언컨대 오랫동안 지속되기 어렵습니다.”

기획위원들에게 배포한 행사장 배치도에 어른들만을 위한 부스만 예정해 놓고 있는 걸 보고 내가 지적한 사항이다.

어린이들은 우리의 미래이고 지속 가능한 성장동력이다. 분명히 지금 세상은 2-30년 뒤에 그 어린이들이 어른 되어 이끌 곳이다. 우리를 대신해 사회 각분야에서 활동하고 있을테니까. 사람들은 세상은 어른 위주로 돌아간다고 생각한다. 이 생각이 계속 이어져 나이를 먹은 뒤에도 바뀌지 않으면 꼰대 소리나 듣고 ‘라때는 말이야’라며 겉도는 이야기만 하는 거다.

어려서 소아마비 장애를 앓은 나는 평생을 장애인으로 살고 있다. 삶의 가장 중요한 고비마다 장애가 나의 발목을 잡았다. 이미 알고 있는 사람도 많겠지만, 대학 진학에서도 장애인이라고 차별을 받았고, 직업을 가질 때도 편견에 의해 제대로 된 직장을 얻을 수 없었다. 결혼할 때 역시 마찬가지로 처가의 반대로 힘들고 어려웠다. 모든 원인은 나의 부족함에 있었겠지만 근원적인 것은 사회적 편견과 차별이었다.

뒤늦게 작가가 되고 난 뒤 작품을 쓰면서 이런 차별과 편견을 후세에 물려주어서는 안 된다는 생각이 들었다. 고통 받고 슬픔을 겪는 사람은 나 하나로 족하다. 내 뒤에 오는 후배 장애인들은 좀 더 행복하고 즐거운 삶을 살게 해줘야 한다. 차별이나 편견에 눈물짓게 하면 안 된다. 이제 장애를 가진 어린이들이나 영아들을 보면 그들이 살아갈, 길고 긴 미래 세상과 장애의 고통을 떠올려 한숨부터 나오는 것이 사실이다.

그들을 위해 나는 소명을 발견했다. 다가올 세상을 좀 더 나은 곳으로 만들자는 목표. 그래서 동화를 쓰게 되었다. 아무리 장애인을 차별하지 말고 장애인과 함께 더불어 살자고 이야기해도 어른들은 이야기를 들을 때뿐이다. 끄덕이지만 그들의 머리는 이미 굳었고, 새로운 것을 받아들일 수 있는 유연성이나 여유가 부족하다.

그래서 나의 작품에는 항상 장애인 친구와 그 동료들이 등장한다. 〈가방 들어 주는 아이〉는 장애인 친구의 가방을 들어주는 아름다운 이야기다. 고등학교 때 나는 무거운 가방을 들고 학교에 갈 수가 없었다. 이때 같은 반의 문석우라는 친구가 등하교 때 우리 집에 들러 내 가방을 들어주었다. 아무 대가 없이 그 어려운 일을 매일 해준 거다. 두고

두고 나는 그 고마움을 잊을 수가 없다.

또한 〈아주 특별한 우리 형〉은 장애가 있지만 능력을 가진 종식이라는 뇌병변 장애인의 이야기다. 태어나면서 장애를 가진 아들 종식을 부모는 시골의 할머니에게 맡겨 두었다. 그런데 할머니가 돌아가시면서 돌볼 사람이 없어졌다. 결국 집으로 돌아오게 되는데 형의 존재를 모르던 종민이가 집에서 기다리고 있었다. 장애에 대해 한 번도 생각해본 적이 없는 종민이와 종식이가 지역사회에서 받아들여지는 과정을 그린 작품이다.

어려서부터 이런 작품을 읽고 재미를 느끼는 어린이들은 성인이 되더라도 장애인을 편견 없이 대할 수 있다. 어린 시절에 읽은 작품들이 또렷이 머릿속에 남아 있기 때문이다.

내가 동화를 쓰는 이유도 바로 그것이다. 미래의 주인공이고, 이 사회의 구성원이 될 어린이들. 그 어린이들에게 장애인에 대해 미리 알려 주고 싶다. 그들과 함께 할 수 있는 재미있는 스토리를 마음속에 각인시켜 주어야 한다. 이는 마치 아무런 낙서도 되어 있지 않은 흰 도화지에 먼저 곱고 반듯한 스케치를 해주는 것과 같다.

이게 나에게 주신 하나님의 소명이라는 사실을 깨달은 지는 얼마 되지 않았다. 40대에 비로소 나는 왜 장애인이 되었나를 알게 되었고, 그것을 소명으로 삼아 지금까지 살아가고 있다. 죽는 날까지 어린이와 청소년을 위한 장애 이야기를 쓸 생각이다. 그것이 내가 이 사회를 좀 더 나은 곳으로, 장애인이 차별을 받지 않는 세상으로 만들 수 있는 기틀이기 때문이다.

부산의 프로야구 경기를 보러 가면 재미있는 현상이 있다고 한다.

홈런 공을 멋지게 받아낸 관객은 반드시 관중들의 이런 함성을 듣는다.

"아주라! 아주라!"

이게 무슨 소린가 했더니 아이에게 그 공을 주라는 거다. 아니나 다를까 공을 받는 사람 옆에는 아이들이 벌써 몰려와 동그란 눈을 반짝이며 그 공을 갈망하고 있다. 그 시선을 이겨낼 사람은 별로 없다. 물론 자기가 받은 공을 누구에게 주라고 강요할 일은 아니다. 그건 어디까지나 자발적인 의사 결정에 의한 것이어야 한다.

하지만 야구장 갔다가 홈런 공을 넘겨준 어른에게서 추억을 쌓은 아이라면 어른이 되어서도 야구장에 갈 것이고, 그 역시 공을 받으면 아이에게 넘겨주면서 프로야구 애호의 맥을 이어가리라. 프로야구나 프로축구가 왜 막대한 자금을 투입해 유소년 구단이나 서포터들을 유지할까? 각종 문화 행사에 왜 꼭 어린이들을 위한 선물이나 프로그램이 있을까? 각종 종교단체에서 주일학교나 어린이 클래스를 운영하는 이유는 뭔가? 모두 다 자신들의 이념이나 사업이나 비전이 다음 세대로 오래도록 이어지길 바라는 마음에서다.

우리 사회에는 앞으로도 '가방 들어주는 아이'가 많이 나와야 한다. 장애인과 함께 공부하고 장애인을 장애로 여기지 않으며, 그들에게 기회를 주고 함께 놀고 즐길 수 있는 사람이 필요하다. 그러기 위해서 지금부터 우리는 어린이에게 집중해야 한다. 어린이를 위한 사업, 어린이를 위한 정책, 어린이를 위한 교육 등. 어린이 그들은 어른과 동등하게 대접받아야 한다.

이런 선각적 사고방식은 바로 어린이날을 제정한 방정환 선생이 부르짖었던 정신이기도 하다. 방정환 선생은 일제 강점기 한국 사회 모든 분야에서 팽배했던 어린이에 대한 억압과 차별을 계몽하려 노력했다. 가부장제도 아래 자신의 감정을 마음껏 표출할 수 없었던 어린이들에게 재미있는 이야기를 들려줌으로써 미래의 주인공이라는 강력한 패러다임의 전환을 시도했다. 이를 위해 〈어린이〉 등 여러 아동잡지에 창작 작품은 물론, 해외 아동문학작품을 번역해서 싣기도 했다. 사회 교화와 어린이의 지위향상을 위해 선생은 최선을 다했다. 그건 속내를 드러내지 않은 독립운동이었다. 미래의 독립운동꾼을 길러내려는 야심찬 계획이다.

그 노력의 결과가 오늘날 어린이들의 풍요로운 삶으로 이어지고 있다. 서울 남산 외곽의 소파길을 다닐 때면 항상 그가 유언으로 남긴 '이 땅의 어린이들을 부탁한다'는 말을 우리가 잘 지키고 있나 반성하게 된다.

나의 직언으로 인해 축제 위원회는 부랴부랴 어린이들을 위한 프로그램들을 구성하였다. 축제를 즐긴 어린이들이 나중에 어른이 되어서 다시 찾아오는 축제가 되도록 하기 위해서.

프로필

- 소설가, 동화작가, 문학박사
- 1992년 문화일보 신춘문예 단편소설부문 등단
- 성균관대, 경기대, 수원 가톨릭대 강사 역임
- 단행본 국내 최다 발간(308권)
- 대표작: 《가방 들어주는 아이》, 《안내견 탄실이》, 《아주 특별한 우리형》, 《까칠한 재석이》 시리즈 등.

헛간론(論)

오 만 환

어디서 일하다
이제 오시는가
눈 내리는 이 저녁

저기는 다리가 부러졌네
바쁘게 살았지, 수고들 많았다
마늘, 양파, 고구마, 비료 포대
호미, 꽃삽, 망태, 집게, 작대기
구르마, 김치통, 예초기

얼마간의 거리
따지거나 묻지도 말고
썩는 것이 아니고 쉬는 것
기둘려야 해
바람도 자고 갔다

애틋한 눈빛으로 식구가 된다
여기서는 누구나
그저

요순산

지도에는 무이산(武夷山)
누구는 무위(無爲)
예쁘다 묘순(妙淳)
요순산(堯舜山) 요순봉 매봉 솜봉 손(巽)봉
산이거나 봉우리이거나
나무꾼 농부 임금이거나
장자 순자 주자
다툴 일이 아니다
봄나물 천지요
바위와 걱정 어찌 없겠는가
두툼한 흙 위에서 키재기하는 나무들
상수리 꾸정 노간주
오동 멍개 솔 싸리버섯 도라지
꽃이 지천이라
멧돼지는 어슬렁 고라니는 뜀뛰기
호랑이는 너구리굴에 마실 가셨나
짐승과도 떡을 나누는
회안리(會安里) 사람들
돌림병 물렀거라
도와주세요 삼신 할머니!
땀 흘려 일하고 착하게 살아라

행선(行禪)바위 떡켜바위
넓다란 반석
가지가 튼실해서 도리깨 맞춤이라는
저 물푸레나무
오래 참았다
격정(激情)과 그 말들
실컷 쏟으며
물소리 풍년 좋구나 !
폭포(瀑布)는
백설(白雪)의 꿈을 꾼다

돌다리 안부

들에 가던 사람
차와 함께 휩쓸려갔다
참고, 기다리며
살아남아야 하지요
한 목소리로 노래 부르던
살아서 진천(生居鎭川)
돌과 물의 이야기
생각의 바퀴를 돌린다
우리들의 아름다운 세상
끝 모를 장마
풍경의 안부
코로나-19 그놈이
(다 삼켜버렸나)
그래 가보자
몸을 낮추고 가깝게
어찌 사셨소
서로를 넓게 붙들고
볼 붉은 어린 돌 눈이 반짝
기러기도 오는구나
아무 일 없었던 것처럼
속 씻는 물소리

울릉 얼렁 쿨쿨 콸콸
아 여기
물과 바람 쌀의 햇볕이
숲을 이루는구나

소나무와 워낭소리

소수서원 저 소나무
선비가 되어 걸어 오신다
학생!
얼마나 좋은 말인가
율곡이 어머니 돌아가시고
금강산에 들어가 읽었던 불경
읽어도 채울 수 없었던
사회적 책임
장가들고 성주에서 강릉 외가에 가면서
퇴계에게 여쭙던 그 저녁
어떤 공부를 해야 하는지요
소복 소복 눈이 쌓이고
성리학을 배우도록 하거라
스승과 제자
산이 산을 업고, 안고
편지로 글 살림을 펼치셨던
학문의 백두대간
여행의 책갈피, 살만하신가?
돈을 좇아서 도시로 떠나간 마음
곡선은 직선이 되었다
시가 담긴 삶의 방정식

시냇물도 흐르고
소나무와 영화 '워낭소리'
묻지를 마라 그 상관계수
소와 함께 살았던 할아버지
소나무 푸르른 침묵
잔잔한 물결이 어둠을 깨운다
여기는 예안 땅
사람은 수양(修養)이 으뜸이다

채송화

왜 그렇게 앉아만 있느냐
시냇물을 따라가서
구경도 하고
그래야 좋지 않겠느냐
누가 꾸지람 하더냐
오늘은 너희들
7월의 이야기를 들어야겠다

뙤약볕, 소낙비
얼마든지 견딜 수 있어요
진흙에, 모래, 자갈에
애절한 눈빛
뛰지 못해도, 품에 꼬옥!

안아 주지 못해도
사랑 한 모금,
그랬었구나!
빨갛게, 샛노랗게
예쁜 아이들

속리산 5월

낯선 곳에서 잠을 잔다.
산새 소리로 웃고 있는 숲
꿈 푸른 나무들
철쭉에 내리는 햇살
여린 피부를 간지럽힌다.
비탈을 오르며 땀을 쏟고
바위 앞에서 네 발로 기는 산짐승이 된다.
고개를 넘고, 넘으면
글 읽는 시냇물 다시 보인다
누가 저 봉우리를 문장대라 했던가
가슴을 씻고 닦으면
환하게 웃으시는외할어머니
세상 떠난 최치원을 기억하며.
거기 산이 있다. 속리산이 있다.
희망이 있다.
경업대 복천암
식물도감이 여기로세
산이 실로폰 소리를 내며
녹색 편지를 쓴다.

산중(山中)문답

푹푹, 눈이 쌓였다
잘 주무셨어요
시냇물의 인사를 받는다
노루가 달려왔다
주인은 나요

어찌, 지게를 지셨소
아궁이가 비었네
堯舜峰이라
멍개가 그대로

原始의 숲, 이 얼굴인가
멧새들 찌찍, 쩍 쩍
달콤한 감,

프로필

- 1982년 『우리 함께 사는 사람들 』 동인
- 1988년 『예술계』 신인상 당선,
- 시집 『칠장사 입구』『서울로 간 나무꾼』『작은 연인들』
- 시평집 『 식탁 위에 올라온 시』
- 중국어판 시와 시평집 『自然與倫理』
- 농민문학 작가상, 산 문학상 수상

수목장

허 재 성

나무를 동경하며
기던 사람은
올려보다가
올려다보다가
서게 되었다

서서 다니다가
다니다가 지치면
누워 잠들고
자다가
잠에 지치고
또 지치면 죽는다

사람은
나무를 동경하여
나무의 영양분이 된다
나무는 사람의 피를
마시고
영혼을 마신다

사람을 먹은 나무는

사람의 영혼을 이해하지 못해
내내 사람을 앓다가
사람의 영혼과 함께
나무의 영혼이 된다
정령이 된다

10월

시월은
오는 것도
가는 것도 아니다
시월이
우리 앞에 왔다가
가는 것 같지만
시월은 바람이 스치고
지나가도
바위처럼 정지해 있는
것이다
사실 이 순간에도
우리들만 오동나뭇잎처럼
흔들리며 떨어지고 있는
것이다
시월은 여기 못 박혀 있고
우리들이 겨울로 봄으로
다시 여름 가을로 떠도는
것이다
사실 이 순간에도
흔들리고
떨어지고
사라지는 것이다

가을하늘과 새

서슬 시퍼렇게
지난날을 심판하는 하늘과
새파랗게 날이 서 있는 산

하늘이 무서워
눈 흘기고 여기저기
숨어다니다
깨진 거울 밟고 비명
지르는 새들

새들은
서슬 시퍼런 하늘과
새파랗게 날이 서 있는
산을 피해
숨어보려 하지만
너무도 투명해서
숨을 데가 없다

흑염소의 눈

반갑군
오랜만이야
이런 겨울은 처음이야

끝이 뾰족한 망치를
내리쳤다
한 번엔 죽지 않았다
입 안에 가득 넣은 소금을
물고
부르르 떨며 증오하며
탁 풀린 흑염소의 눈

비릿한 흑염소 피를 받아
마시며
소주 한 잔씩 돌렸다
죽어가던 흑염소의 눈이
되어서야
사람들은 자리를 떴다
감기 예방엔 이게
최고라며

마을의 개들이

너나없이 일제히

짖어대기 시작했다

프로필

- 서울출생 1996년 〈계간 문학과 창작〉을 통해 작품 활동을 시작했다
- 시집〈물에 의지하는 물방울〉을 上梓했으며, 고사성어 외 여러 권의 저서를 펴냈다.
- 음악 감상실 하가를 운영하며 예술가들과 교류했다.
- 계간 〈시인통신〉 편집위원을 역임했으며. 현재는 대입 컨설턴트로 중 고등학교 학생들의 인문학적 소양을 키우기 위해 노력하고 있다